KB179520

내일 쓰는
일기

허은실 산문집

내일 쓰는
일기

창비

차례

1부 。
모살이

봄, 바람이 오는 쪽으로 달려갔다

3월 1일 저녁의 비행운 。 17

3월 2일 첫 。 19

3월 3일 세간 。 22

3월 4일 나지막이 수줍게 。 23

3월 5일 바람이 오는 쪽으로 。 24

3월 6일 소원을 비는 일 。 25

3월 7일 사귐 。 27

3월 8일 바람의 맛 。 30

3월 9일 새가 울면 。 33

3월 10일 귤빛 환대 。 34

3월 12일 냉이꽃처럼 。 38

3월 26일 꽃그늘 아래 이렇게 。 39

3월 30일 영등할망 。 40

4월 2일 4·3 。 44

4월 4일 오일장 。 45

4월 6일 모살이 。 47

4월 7일 4월의 이름 。 50

4월 9일　그림자와 놀다 ● 54

4월 10일　초속 11m ● 55

4월 14일　나로 사는 것 ● 56

4월 16일　그날 ● 58

4월 20일　오다 ● 60

4월 22일　죽음에 대한 이야기들 ● 61

4월 23일　천국에서 하고 싶은 것 ● 63

5월 21일　마음은 종이 ● 64

5월 4일　운동회 ● 66

5월 6일　포란 ● 70

5월 9일　엄마는 외계인 ● 72

5월 12일　리 체육대회 ● 74

5월 14일　설레는 사람 ● 76

5월 15일　우리는 함께 배운다 ● 77

5월 16일　혼자 자유롭게? ● 79

5월 17일　정원사처럼 다시 또다시 ● 80

5월 18일　죽은 개가 보고 싶어지는 시간 ● 82

5월 20일　연결 ● 54

5월 22일　멍든 사과 ● 85

5월 24일　새끼 ● 88

5월 29일　전성기 ● 90

5월 30일　망종 무렵 ● 91

이름, 영원히 덧없고 끝없이 아름다운

6월 6일 아름다운 것들 ∘ 95

6월 13일 산담 ∘ 96

6월 17일 꽃처럼 있어봐 ∘ 99

6월 19일 내 일이 아닌 것에 슬퍼지는 것 ∘ 100

6월 20일 슬픔은 노을을 좋아해 ∘ 103

6월 21일 울어라 새여 ∘ 104

6월 23일 사려니 ∘ 106

6월 24일 어서 와, 벤자리는 처음이지? ∘ 108

6월 25일 새를 묻다 ∘ 110

6월 29일 빗소리, 비 냄새 ∘ 112

7월 2일 휘파람 ∘ 114

7월 3일 오늘은 오늘 ∘ 116

7월 4일 태풍이 지나가고 ∘ 117

7월 20일 첫 번째 상장 ∘ 120

7월 24일 살다 살다 ∘ 121

7월 27일 아픈 유물 ∘ 123

8월 3일 힘 빼기 ∘ 126

8월 8일　여름 저녁 ◦ 128

8월 9일　아마추어 ◦ 130

8월 10일　내 고장 8월은 ◦ 132

8월 12일　왜지? ◦ 133

8월 15일　바다 앞에 선 사람 ◦ 138

8월 16일　8월의 크리스마스 ◦ 141

8월 17일　바다와 소녀 ◦ 142

8월 18일　작가의 장벽 ◦ 144

8월 20일　시 같은 말 ◦ 146

8월 27일　오름의 여왕 ◦ 147

8월 28일　곶자왈 ◦ 148

2부 。

참살이

구슬, 내일은 가장 기쁜 날이 될 거야

9월 7일 자면서도 。 157

9월 8일 청귤청 。 158

9월 9일 노을 속에서 춤을 。 160

9월 15일 톡! 。 163

9월 16일 곁을 지키는 일 。 164

9월 23일 봉숭아 물 。 165

9월 24일 동갑내기 。 167

9월 25일 엄마야! 。 169

9월 29일 단발머리 。 170

10월 3일 언니들과 。 173

10월 9일 가장 기쁜 날 。 174

10월 10일 반딧불이처럼 。 176

10월 12일 도래와 회귀 。 177

10월 19일 시월 。 179

10월 21일 꽃이나 보자고 。 181

10월 22일 노래 。 183

10월 23일 가을 허기 。 184

10월 25일   귤림추색 ◦ 188

11월 3일   할망당 ◦ 190

11월 4일   터진목 ◦ 191

11월 5일   모시모시 할머니 ◦ 192

11월 10일   밭담 ◦ 194

11월 15일   신의 캔버스 ◦ 196

11월 19일   해녀 이야기 ◦ 198

11월 21일   귤림풍악 ◦ 204

11월 30일   클림트 ◦ 206

저슬, 우리 여기서는 새를 만나러 가자

12월 3일 까짓 ◦ 210

12월 5일 테왁 ◦ 212

12월 8일 수눌음 ◦ 213

12월 9일 아주망 이거 얼마꽈 ◦ 214

12월 10일 귤 따기 ◦ 215

12월 11일 다람쥐처럼 ◦ 216

12월 13일 큰 새가 뜨면 ◦ 218

12월 14일 여배우는 오늘도 ◦ 220

12월 17일 300번의 우정 ◦ 222

12월 18일 제 상처를 만지작거리는 일 ◦ 224

12월 24일 크리스마스 이브 ◦ 227

12월 27일 눈밭 속에 ◦ 228

1월 1일 일출봉에 해 떴거든! ◦ 229

1월 2일 수료 ◦ 232

1월 7일 헌 이 줄게 새 이 다오 ◦ 233

1월 17일 무어라 부를까, 이런 기분은 ◦ 236

1월 20일 시간 위를 춤추듯 ◦ 239

1월 21일 　마음을 쓰다 ◦ 241

1월 24일 　당근이지! ◦ 243

1월 25일 　눈이 푹푹 나리는 날에 ◦ 246

1월 26일 　봄이 오면 ◦ 248

1월 28일 　숨비소리 ◦ 250

1월 30일 　폭낭 ◦ 254

2월 1일 　백주또의 딸들 ◦ 256

2월 2일 　그리―움 ◦ 258

2월 9일 　좋은 손 ◦ 260

2월 11일 　사과 ◦ 263

2월 12일 　그렇게 제주 사람이 된다 ◦ 265

2월 14일 　나를 낳은, 내가 낳은 ◦ 266

2월 15일 　난센스 퀴즈나 할까? ◦ 268

2월 16일 　헤일 수 없이 수많은 밤을 ◦ 270

2월 17일 　화전 ◦ 272

2월 19일 　인생의 맛 ◦ 274

2월 20일 　Shoot ◦ 276

2월 21일 　날이면 날마다 오는 순대가 아니여 ◦ 278

2월 23일 　굿과 잔치 ◦ 279

2월 25일 　질문의 책 ◦ 282

2월 27일 　너를 듣다 ◦ 286

에필로그 　1년―V ◦ 290

작가의 말 　아직 아름다운 이곳에서 조금은 다른 ◦ 294

°모살이
모를 옮겨 심고 닷새쯤 지나, 모가 완전히 뿌리를 내려
파랗게 생기를 띠는 것을 뜻하는 강원도 말.

1부

모살이

봄,
바람이 오는 쪽으로
달려갔다

저녁의 비행운

잠든 얼굴 위로 쏟아지는, 빛살. 햇살 분을 바른 듯, 동그란 볼 위 보송한 솜털들이 금빛으로 빛난다. 그래, 봄이지. 봄이구나! 내 마음속에서도 솜털처럼 희미하게 일어서는 무엇. 무엇일까, 아직 기분이라 부를 수도 없는 이 감정은.

마지막 녹음을 마치고 인사를 나누던 밤, 선배 L은 설렘과 두려움 중 어떤 게 더 크냐고 물었다. 두려움 쪽인 것 같다고, 솔직히 불안하다고 대답했었다. 모든 준비를 마치고 떠나려는 지금, 그 부등호의 방향은 바뀌었을까?

활주로 너머로 해가 지고 있다. 다저녁때 떠난다는 것. 일몰의 시간, 밤이 닥쳐오는 시간, 하루를 정리하고 안식을 찾아 돌아가거나 깃드는 시간에 떠난다는 것. 저물녘의 이 비행이 더구나 여행이 아니라 이주를 위한 것이기에 이륙을 앞둔 마음속에 오늘은 조금 다른 감상이 끼어든다. 거처를 옮긴다는 사실이 주는 긴장감. 삶이 어스름 속에 숨겨놓은 것들에 대한 예감. 내게는, 스물 이후 청춘이라고 부를 모든 시간을 보낸 곳. 네게는, 태어나고 자라온 고향. 오늘 우리는 서울을 떠난다. 연고 없는 섬으로 향한다. 안전벨트 버클이 딸깍, 가벼운 금속음을 낸다.

이륙을 앞둔 비행기가 전속력으로 달린다. 이 시간, 나는 읽던 것을 무릎 위에 내려놓는다. 이 커다란 것이, 날아오르기 위해, 전속력으로 달릴 때, 아무것도 할 수 없게 되는 것이다. 전속력으로 달려야 했던 날들. 전속력으로 달려가야 하는 일들. 전속력으로 내게 오던 당신. 전속력으로.

전속력이라는 건 오로지 그것만이 있는 상태. 모든 에너지를 한 곳에 퍼붓는 일. 한 존재의 전속력 앞에서 나는 속수무책이 된다. 누군가가 이토록 전속력으로, 전심으로 무언가를 하고 있을 때 그것을 외면하고 다른 일을 하는 것이 때로는 무례하게까지 느껴지기 때문이다. 그래서 아무것도 하지 않음으로써 누군가의 전속력에 동참한다. 주먹을 꼭 쥐고 전속력을 응원하는 마음이 되어서. 너도 언젠가는 그렇게 전속력으로 누군가에게 달려가겠지. 나는 아이의 손을 가만히 쥐어본다.

비행기가 안정적인 고도에 이르러 안전벨트 표시등이 꺼지면 비로소 숨을 고르고 느긋해진다. 우리의 생활도 그렇겠지. 처음엔 불안정하고 흔들리고 그래서 안전벨트를 확인하고, 팔걸이를 쥔 손에 자기도 모르게 힘이 들어가는 시간이 있을 거야. 하지만 지금처럼 손을 잡고 저녁을 날자꾸나.

임박한 무엇인 듯 벅찬 열나흘 달이 동쪽 날개 위로 떠올랐다. 해와 달이 교대하며 따라온다. 배웅하는 손처럼, 마중하는 얼굴처럼.

첫

이런 뒷모습에 코가 찡했던 적이 있었지. 제 등판보다 큰 가방을 메고 어린이집을 들어서던 세 살의 너. 등껍질을 달고 막막한 바다로 향하는 어린 거북 같았었지. 오늘 다시 그렇게 생의 또 다른 문턱 하나를 넘어서는 너. 내가 할 수 있는 건 망망대해를 향해 나서는 너의 작은 발을 응원하는 것뿐. 입학식장 플래카드에 적힌 "더 넓은 세상을 향한 행복한 출발!"이란 구절에 눈길이 머문다.

1학년 1반 1번 초딩 김나린.

너는 조금 긴장한 얼굴이다. 입장을 위해 줄을 서 있을 때도, 다른 아이들은 유치원 다닐 때부터 친구인데 자기만 서울에서 와서 따돌림 당하면 어쩌냐며 걱정하던 터였다. 아는 얼굴이 하나도 없는 틈에서 맨 앞줄에 앉아 자꾸 뒤를 돌아보는 너를 향해 나는 과장되게 웃으며 손을 흔들어준다. 응, 엄마 여기 있어!

입학식 뒤에는 바람개비에 꿈을 적어 꽃밭에 '심는' 작은 이벤트가 이어진다. 나린은 발레 하는 자신의 모습을 그린다. 운동장으로 나온 아이들이 트랙에 일렬로 서서 바람개비를 들고 뛴다. 그런데 아이들이 이걸 경주로 생각했는지(어쩌면 수산리 아이들은 모두 달리기를 잘하는 건지도 몰라!) 쓸데없이 빨리 뛴다 싶다. 아니나 다를까, 코너를 돌 때 아이들의 발이 엉기면서 누군가 넘어진다. 나린이다. 나는 가슴이 철렁 내려앉아 본능적으로 나린 쪽으로 뛴다. 바람개비를 쥐고 넘어진 게 걱정이다. 손이 까졌을 것 같다. 그런데 내가 나린을 향해 달려나가는 것과 동시에 나린은 다시 일어나 달린다. 벌떡 일어나더니 저만큼 앞서가는 아이들을 따라 다시 뛰기 시작한다. 울 줄 알았는데, 울지 않는다. 울음도 안 나올 만큼 긴장한 것 같아 내 심장이 더 빨리 뛰고 마음이 아리다. 나린에게 달려가 괜찮다고, 빨리 달리지 않아도 된다고 말해주는 내 목소리가 오히려 떨린다. (그리하여 나린은 꼴찌로 들어왔습니다.)

세간

서울에서 짐이 왔다.

정릉 허름한 빌라에서의 6년.

라일락 마당과 골목을 뒤로하고, 꼬박 한나절 한반도 남서쪽을 종단해 남쪽 항구에서 한 밤 자고, 여수에서 큰 배 타고 낯설고 물설은 제주항에 내려, 짐차로 다시 갈아타고 옛 주인 찾아온 나의 오래된 세간들.

너희도 먼 길 오느라 고단하지?

1박 2일 여독이 묻어 피곤한 몰골들이다.

여기저기 쓸리고 까지고 새로 생채기가 생기기도 했다.

삭신이 쑤시겠다. 관절염이 도졌겠다.

나는 책장과 침대와 옷장과 식탁과 의자의 몸을 닦아준다.

또 한 시절, 같이 버텨보자. 잘 부탁해.

나지막이 수줍게

오늘은 네가 했던 말을 내가 하면서
네가 귓속에 넣어주고 간 말을
혼자 꺼내보고는
혼자 웃으면서
낮게 지고 있어

작게 웃고 작게 말하고
응응 그래그래
높고 크게 말고
자그마한 것들과
나지막이 수줍게

떨어진 꽃을 줍고
하찮고 부질없는
시시한 일들을 하며
여기에서는 너와

바람이 오는 쪽으로

학교 화단에 바람개비들이 돌다 멈추고 멈추었다 돌곤 한다. 자신의 꿈을 기억하라는 뜻으로 입학식 날 꽃밭에 꽂아놓은 것. 그런데 아이는 제 것만 잘 돌아가지 않는다며 뾰루퉁하다.

"그럴 땐 바람이 오는 방향으로 바람개비를 돌려주면 돼."

바람개비를 살짝 돌려주었더니, 이번엔 아이의 것만 잘 돈다. 얼굴이 금세 환하다.

바람이 어느 쪽에서 불어오는지 느껴봐.

바람이 오는 방향으로 얼굴을 돌려보렴.

바람을 타고, 바람에 실려야 사는 일도 수월하지만 때로는 바람을 마주하고, 바람에 맞서야 할 때도 있단다.

바람이 없을 때는 네가 달려가렴.

기다리고만 있을 게 아니라 네가 바람을 일으킬 때 바람개비는 아름다운 원을 그리며 멋지게 돌아갈 수 있을 거야.

꿈을 향해 달려가는 일도 아마 그럴 거야.

소원을 비는 일

학교를 알아보러 몇 군데 답사를 하던 지난여름, 교문을 들어서자마자 한눈에 반했던 것은 운동장 가에 둘러선 나무들이었다. 수십, 수백 년은 되었을 것 같은 후박나무, 팽나무, 동백나무 아름드리 거목들이 호위 무사처럼 학교를 둘러싸고 있었다. 세종대왕 때 쌓은 수산진성의 성벽을 초등학교 담장으로 쓰고 있는 만큼 나무들의 연령도 못지않을 것이다.

"오래된 나무에는 영혼이 있거든. 그래서 사람들은 옛날부터 나무에 소원을 빌기도 해."

이렇게 말해준 다음 날. 운동장 제일 큰 나무 앞에서 나린이 두 손을 모으고 있다. 나무 할아버지한테 소원을 빌었다는 거다.

"무슨 소원?"

"엄마가 '신비아파트' 보여주게 해주세요."

"……"

언제부터인가 나린은 소원을 자주 빈다. 소원을 빌거나 기도를 해서 이루어진(진실은, 엄마가 몰래 사준) 경험이 있어서일 것이다. 섭지코지 돌탑에도, 큰 나무에도, 부처님께도, 동화 속 할머니께도 두 손을 모으고 눈을 감고 있는 모습을 보았다. 며칠 전엔 집 앞 '부부석' 앞에 가서 소원을 빌었다고 한다. 내용인즉 친구 영화 엄마가 영화한테 키즈폰을 사주게 해달라는 거란다. 이제는 친구 소원 빌기도 대행해주는 것이냐. 엄마 소원이나 좀 빌어다오.

"우리 딸 정리 좀 스스로 잘하게 해주세요!"

사실 엄마는 소원을 비는 네가 좋다. 그건 마음속에 이루고 싶은 간절함과 이루어질 거라는 희망을 품는 것이니까. 그리고 대상이 정령이든 요정이든 신이든 미신이든 어떤 보이지 않는 힘과 다른 세계가 있다는 믿음을 버리지 않는 일이니까. 언젠가 너도 읽게 될 『말테의 수기』에 나오는 말을 들려주고 싶어.

"말테야, 너는 소원을 비는 것을 잊지 마라. 소원을 비는 것을 포기해서는 안 돼. 이루어지는 것은 없더라도 소원을 품고 있어야 해. 평생 동안 소원을 계속 품다 보니, 그것이 이루어지길 기대할 수 없는 그런 소원도 있어."°

청년 말테가 번민에 잠겨 있을 때 떠올린, 어린 시절 어머니가 해준 말이었지. 게다가 제주에는 1만 8천이나 되는 신이 살고 있대. 설마 그 많은 신 중 어느 한 분은 여덟 살 꼬마의 소원을 들어주지 않겠니?

(며칠 후, 영화의 손목에는 키즈폰이 장착돼 있었다! 정말로 그 신들 중 한 분이 소원을 들어주었나보다.)

° 라이너 마리아 릴케 『말테의 수기』, 문현미 옮김, 민음사 2005.

사귐

"엄마, ○○ 알지? 안경 쓴 애. ○○는 많이 아프대. 그래서 독한 약을 먹고 있대."

"엄마 내가 속았어. ○○가 얌전한 앤 줄 알았는데 아니었어!"

"○○ 엄마는 베트남이 고향이래."

"○○도 나처럼 육지에서 제주도로 이사 왔대."

학교에서 돌아온 나린은 새로 사귄 친구들에 대해 들려준다.

"오늘은 누구랑 사귀었어?"

"선생님!"

그래, 친구 같은 선생님이라면 최고의 선생님이지!

이제 너는 친구를 곧잘 사귄다. 새로 사귄 친구를 집에 데려오기도 하고, 친한 친구 집에서는 자고 오기도 한다.

사귄다는 일의 귀함을 살수록 느낀다. 한편 나이가 들수록 진정한 사귐은 점점 어려운 일이 되는 것 같아. 어른이 될수록 이해관계나 필요에 의해 사람을 대하는 이들을 많이 보고, 그것에 상처받기도 하지. 그 옛날 장자라는 할아버지는 "군자의 사귐은 담담해서 물 같고, 소인의 사귐은 달아서 단술 같다."라는 말을 했대. 달콤한 언행으로 마음을 얻으려는 사람보다, 덤덤한 듯 깊고 담담한 듯 그윽한 사람이 엄마도 좋더라.

 엄마는 성큼성큼보다는 서슴서슴한 사귐을 좋아해. 그러니까 네가 고양이나 새에게 다가갈 때처럼 말이야. 눈을 맞추면서 눈빛을 읽으면서, 한 발자국씩 조심스럽게. 그건 새와 고양이의 영역으로 네가 입장하는 일이니까. 개나 고양이가 너의 냄새를 충분히 맡고, '들어와도 좋아.'라고 허락한 뒤에 만질 수 있는 것처럼.

" 고양이나 개에게 다가갈 때서라 눈을 맞추며 눈빛을 읽으며.

바람의 맛

"오늘 16시 제주 동부 앞바다 풍랑 경보, 어선 출항 금지, 해안가 낚시 야영객은 안전지대로 대피 바랍니다."

긴급 재난 문자를 받고 제주에 온 것을 실감한다. 3월 날씨야 워낙 변덕쟁이에다 꽃샘바람이 유난하지만 제주는 체급이 다르다. 아무렴 '바람섬'인걸. 처음 왔을 때 성산 바다가 보일 정도로 쾌청한 하늘이더니 어제오늘은 빌라 건물이 다 흔들리는 것 같다.

"우아! 느낌 알 것 같애. 나쁘지 않은데?"

제주 바람에 대한 나린의 반응이다. 그렇게 말하는 목소리에도 바람이 가득. 흥분 같은 것이 섞여 있다. 등굣길, 집을 나서 모퉁이를 돌자 몸이 뒤로 밀릴 정도로 확 덮쳐오는, 바람! 우산도 소용없다. 바람이 우산을 들어 올려 그대로 공중으로 떠오를 것 같았지. 『구름빵』에서처럼 그렇게 우산을 타고 학교까지 갈 수 있다면 재밌을 텐데.

너는 바람이 불면 좋아서 오히려 밖으로 나가자고 하던 아이.

바람 속에서 소리를 지르며 춤을 추던 아이.

제주에는 바람이 많지. 제주에는 큰 바람이 불지.

이 바람을 훗날 너는 어떻게 기억하게 될까.

이 바람은 네 영혼에 어떤 무늬를 새길까.

네가 알 것 같다고 한 그 '느낌'을, 바람에 대한 감각을 오래오래 잃지 않았으면 해.

∴ 제주 바람에서는

"입 벌리고 뭐 했어?"

"바람 먹었어."

"오! 바람에서 무슨 맛이 났어?"

"시래기 맛!"

(으응? 오름 아래 무밭이 있긴 하더라.)

새가 울면

날이 개고 이 나무 저 나무에서 새들의 노랫소리 들려온다.
저건 동박새일까, 생각하는 사이
"엄마, 나는 새소리를 들으면 슬퍼져."
그런다.
조금 있다가는
"새소리가 멈추니까 슬픔이 풀어졌어."
그런다.

이 말이 하루 종일 끼어들었다.
'우리 여기서는 자주 새를 만나러 가자.'
이 문장을 써놓고 또 슬퍼진다.
이 슬픔의 정체가 무얼까.

질문을 품고 아이를 데려오는 길.
이틀 동안 분 바람이 동백꽃을 떨어뜨려 계단마다 각혈처럼 꽃, 꽃,
꽃.
떨어진 꽃도 밟지 않으려 조심하며
꽃 계단을 우리는 걸었다.

귤빛 환대

"어, 네가 왜 여기 있어?"

개 짖는 소리에 나온 사내아이가 나린을 보자 알은체를 한다. 몇 번이나 문을 두드렸는데도 사람은 나오질 않지, 개들은 짖어대지, 안에서는 '우어어' 뭔가 심상찮은 소리가 새어 나오지. "가자, 내일 낮에 다시 들르지, 뭐." 하고 돌아서려는 찰나였다. 거칠게 문을 열며 나온 남자아이. 심지어 야구방망이를 들고 있다. 순식간에 '쫄아버린' 우리.

"(최대한 친절한 목소리로) 아하하, 나린이를 아는구나! 하하! (쓸데없이 웃는다) 으응, 우리 여기 새로 이사 와서 인사드리러 마을 돌고 있는 중이야. 집에 어른은 안 계시니?"

"엄마 있어요." (짜식, 무뚝뚝하기는!)

들어가더니 잠시 후 앞치마를 두른 분과 같이 나온다.

"어!"

"어머, 안녕하세요?"

익은 얼굴이다. 어제 학교 교육과정 설명회에서 바로 옆에 앉았던 분. 4학년 현민 엄마다. 괜스레 품었던 경계심에 머쓱해진다. (아니, 왜 방망이는 들어가지고!) 떡을 건네고 이야기를 나누는 사이, 현민은 소포장된 견과류를 세 봉지 갖고 나와 나린에게 건넨다. (아무 말도 없이, 표정도 없이. 짜아식!) 집으로 들어갔는가 싶었는데 조금 있다가 다시 나와서는 뭘 또 건넨다. 이번엔 풍선껌이다. 나린도 좋아하는 '왔따 풍선껌' 복숭아 맛이다. (와따메, 츤데레였구나, 너!)

인사를 하고 돌아 나오는 길, 나린의 목소리가 잔뜩 상기됐다.

"내 마음의 복주머니가 복으로 가득 채워졌어!"

떡을 맞췄다. 쫀득하게 잘 지내자고 찰시루떡을 맞췄다. 떡을 돌렸다. 나쁜 일 막아달라고 팥시루떡을 돌렸다. 외지 사람에 대한 텃세와 경계가 심하다는 이야기를 들어놓은 터였다. 그런 선입견 때문인지 문을 두드렸을 때 처음엔 대부분 무뚝뚝하게 느껴지던 얼굴들에 우리도 조금 긴장을 했다. 하지만 아이가 건네는 떡을 받아들자, 낯선 이들의 노크에 굳어 보였던 사람들 얼굴도 봄바람처럼 확 풀어진다. 들어오라고, 차 한잔 하고 가라고 소매를 끌기도 한다. 생강차를 내어주신다. 한라봉을 한 봉다리 쥐여주신다.

그런 환대의 온기를 나린도 전해 받았겠지. 다른 집으로 이동하면서 몇 번이나 하는 말.

"마음의 복주머니에 복이 흘러넘쳐."

나린의 복주머니 운운 덕에, 말다툼으로 얼었던 우리 부부 사이에도 시냇물이 흐른다.

아이야, 환대하는 사람이 되자.

편견 없이 맞이하는 사람이 되자.

이리 와요, 앉을 자리를 만들어주는 사람이 되자.

네 마음의 주머니가 복으로 가득 찼으니 그것을 나누어주자.

그리고 기억하렴.

오늘 네가 받은 복숭아 맛 풍선껌을.

이 이쁘고 둥근 한라봉들을.

전등처럼 따뜻한 귤빛을.

들르는 집마다 이야기를 나누고 차도 얻어 마시고 하다 보니, 날은
저물고 떡은 남았다.

"내일은 할머니, 할아버지 들한테 가자. 외롭잖아. 외할머니도 자식
이 넷이나 되는데 혼자 사시잖아."

나린의 말에 뜨끔해진다. 그러고 보니, 제주 온 뒤 엄마한테 연락 한
번 못 했네. 그래, 내일은 노인회관에 가서 할아버지, 할머니 들께 인사
도 드리고 떡도 드리고, 내일은 외할머니께 전화를 드리자. 셋이 손을
잡고 돌아오는 길, 꽃샘바람 속에도 노을빛 하귤이 익고 있다.

「이리 와요, 앉을 자리를 만들어주는 사람이 되자.

냉이꽃처럼

우리 발치에

밭 가장자리에

담벼락 아래에

냉이꽃과 봄까치꽃과 쇠별꽃과 유채꽃과 장다리꽃이 피었어.

너는 너의 인형에게 주겠다고 냉이꽃을 딴다.

브로치를 만들어주겠다고 엄마가 좋아하는 보라색 꽃을 딴다.

봄날 오후의 해찰.

시시한 선물.

소소한 행복.

수수한 평화.

꽃그늘 아래 이렇게

서울에 다녀온 지난 사흘 사이 벚꽃이 확, 피어버렸다.
오시마 료타의 탄식처럼.

"세상은
사흘 못 본 사이의
벚꽃"°

갑자기 등을 켠 듯 환해진 거리에 나는 조금, 어리둥절했다.
고바야시 잇사의 하이쿠처럼.

"이상하다
꽃그늘 아래 이렇게
살아 있는 것"°

° 류시화 편저『백만 광년의 고독 속에서 한 줄의 시를 읽다』, 연금술사 2014.
° 같은 책.

영등할망

음력 2월은 영등달, 바람달. 음력 2월 섬사람들은 바람신을 위한 축제를 펼친다. 바람신 영등할망이 꽃샘추위를 몰고 온다고 여겼기 때문이다. 그래서 영등신이 제주에 머무는 보름 동안 예측할 수 없이 변덕스러운 날씨와 혹독한 추위가 계속된다고. 제주에 내려온 지 한 달, 그 바람을 몸소 겪으니 이해가 되고도 남겠다. 영등할망은 한라산과 들판을 돌며 꽃구경을 하면서 밭에는 곡식의 씨를 뿌리고, 바다에는 소라, 전복, 미역, 우뭇가사리 등 해초 씨를 뿌려준단다. 그래서 굿으로 바다일의 안녕을 빌고 해녀들에게 해산물을 풍성하게 안기기를 기원한 것. 살을 파고드는 매운 바람에 이런 선의의 해석을 달아서 축제로 만든 마음이 애틋하다. 그 한편엔, 본격적으로 시작될 농사와 고기잡이를 앞두고 이웃들끼리 서로 격려하고 축복하는 의미도 있을 것이다.

영등할망이 제주로 입도한다는 음력 2월 초하루에 '환영제'를 하고, 제주를 한 바퀴 돌고 떠난다는 음력 2월 보름에 '송별제' 굿을 한다. 공식적으로는 국가 지정 칠머리당 영등굿 보존회에서 진행하는 굿이 가장 성대하게 치러지지만 음력 2월이면 제주 도내 어촌계마다 영등굿, 해신제, 잠수굿 등의 이름으로 곳곳에서 굿을 연다.

제주에 오면 영등굿은 꼭 한번 보고 싶었다. 환영굿은 놓친 터라 송

별굿은 꼭 보리라, 아이를 학교에 보내고 건입동 칠머리당으로 향했다. 왠지 영등할망께 저 제주에 왔어요, 하고 신고식을 치러야 한다는 마음 같은 것도 있었던 것 같다. 할망, 할망 올해도 부디 풍농, 풍어 들게 무엇보다 안전하게 지켜줍서! 우리 제주살이도 무탈하게 지켜줍서!

너무 늦게 가서 벌써 굿이 끝나버렸으면 어쩌나 조바심을 냈는데 글쎄, 아침 9시부터 시작된 굿이 점심 먹고 오후 5시까지 이어지는 거라! 초감제, 본향듦, 요왕맞이, 마을 도액막음, 씨드림, 배방선, 도진 등의 큰 제차 아래 100여 개 작은 과정, 해녀들의 신앙이 깃든 영등굿만의 양식과 내용이 과연 유네스코 인류 무형문화유산으로 등재될 만하게 성대하다. 해녀들은 흰 한복을 입고 굿청 왼쪽에 앉아 기도를 올린다. 제주 말로 행해지는 굿의 내용을 육지 것인 나는 반의 반도 알아먹지 못했지만 4월 제주로 오다가 끝내 닿지 못한 세월호 아이들의 해원 왕생을 기원하는 사설만은 귀에 꽂혔다. 심방은 손수건으로 눈물을 훔쳐가며 서러운 넋들을 달랬다.

한 차례 굿이 끝나고 해녀들과 주민들이 나와서 다 같이 춤을 춘다. 신들에게 술을 권하고 심방(무당), 제주(祭主), 가족 들이 모두 춤을 추며 신과 더불어 즐기면서 기원하는 제차이다. 굿판은 춤판, 잔치판이기도 하다. 많은 굿이 주변의 잡귀, 부정을 물리치는 의식으로 시작하지만, 끝날 때쯤엔 온갖 잡귀와 잡신 들까지 불러 푸짐한 음식을 대접해 달랜 뒤 보낸다. 신들과 무당뿐 아니라 의뢰인, 가족, 마을 사람, 구경 온 이방인까지 한바탕 걸게 어울림으로써 카타르시스를 통해 살아

갈 힘을 얻는 것이다. 그렇게 굿은 귀신을 달래는 것만이 아니라 산 사람을 어르는 역할도 해온 게 아닐까.

흐드러진 벚꽃 아래 오색 천을 매고 신명 나게 춤추는 이승에서의 봄날 하루가, 이제 몸 없는 자의 눈에는 얼마나 애틋할까.

4·3

4·3 당시 사람들이 숨었던 다랑쉬굴과 영화 「지슬」 촬영지였던 용눈이오름을 찾았다. 토벌대는 다랑쉬굴에 불을 피워 안에 숨었던 사람들을 질식시켜 숨지게 했다. 실제로 있었던 일이냐고 묻는 아이에게, 책에 나온 그런 일이 제주 곳곳에서 벌어졌었다고 대답할 수밖에 없는 어른의 곤혹.

소녀상을 통해 위안부 할머니에 대해 어렴풋이 알게 됐을 때처럼, 4·3 이야기는 아이에게 큰 질문과 그림자를 남긴 것 같다. 아이들에게 트라우마를 남기지 않으면서 비극적인 현대사를 제대로, 잘 이해시키기란 얼마나 어려운가. 솔직히 자신이 없다. 그렇지만 반드시 알아가야 할 이야기들. 다행히 학교에서 보낸 주간 학습 계획을 보니 1학년도 4·3 관련 동화책을 읽고 이야기 나누는 시간이 있다. 고학년들은 현장견학도 간다 한다. 제주에서 유년을 보낸다는 것의 또 다른 의미는 이런 것이리라.

오일장

"민어는 제주에서 똥값이에요."

4일, 9일마다 열리는 고성 오일장에 들렀다. 오후 2시, 파시 무렵이라 더 저렴하다. 돌문어 두 마리와 민어를 골랐다. 돌문어는 한 마리 1만 원. 민어 큰 것이 2만 5천 원. (서울에서 한 접시에 10만 원쯤 내고 먹었던 우리는 세상에, 세상에!) 내 허벅지만 한 농어도 한 마리에 1만 5천 원. 아쉽지만 어차피 다 먹지 못해 냉동될 게 뻔하니 다음 장에 다시 오자, 돌아섰다. 민어는 횟감으로, 비늘을 벗겨달라 했다. (제주에 오면서 남편은 제일 먼저 회칼을 준비했다.) 벗겨낸 비늘이 도마에 수북하다. 아스팔트에 쌓인 벚꽃잎, 민어의 살빛이다. 봄의 비늘이다.

입구에서 사과 한 바구니를 샀다. 이제 사과꽃이 필 무렵. 서유럽 농사 달력에선 사과꽃이 필 때 콩과 오이를 심으라고 했다지. 꽃으로 절기를 읽는 농부였던 아버지 생각이 났다. 농어는 왜 농어(農漁)일까. 이에 쫀득하게 감기는 민어 부레를 오래 씹었다. 민어는 왜 민어(民魚)일까. 돌문어에 소주를 마시며 백석을 생각했다.

이렇게 맥고모자를 쓰고 삐루를 마시고 전북에 해삼을 생각하면 또 생각나는 것이 있습네. 칠팔월이면 의례히 오는 노랑 바탕에 꺼먼 등을 단 제주 배 말입네. 제주 배만 오면 그대네 물가엔 말이 만허지지. 제주배 아주맹이 몸집이 절구통 같다는 둥, 제주 배 아맹인 조밥에 소금만 먹는다는 둥, 제주 배 아즈맹이 언제어뇌 모롱고지 이슥한 바위 뒤에서 혼자 해삼을 따다가 무슨 일이 잇었다는 둥……, 참 말이 만치. 제주 배 들면 그대네 마을이 반갑고 제주 배 나면 서운하지. 아이들은 제주 배를 물가를 돌아 따르고 나귀는 산등성에서 눈을 들어 따르지. 이번 칠월 그대한테로 가선 제주 배에 올라 제주 색시하고 살렵네.

— 백석 「동해」 중 °

시인이여, 오늘 밤 나는 제주 색시가 되어서(아니아니 제주 아주맹이인가) 쏘주를 마셔선지 이렇게 자꾸자꾸만 또 생각나는 것이 잇습네. 나 여기 모롱고지 이슥한 바위 뒤에서 맥고모자를 쓰고 우뭇가사리 건지며 제주 색시로 살렵네. 외롭고 높고 쓸쓸허니 살렵네. 여기 나려온 것 세상한테 져서가 아니라 세상 같은 건 더러워 버린 거라고, 가자미회에 삐루를 마시며 그대 생각을 할렵네.

° 이동순 엮음 『백석시전집』, 창비 1987.

모살이

서울행 비행기 안에서 눈물이 터졌다. 너는 어젯밤 울었다. 울면서, 살고 싶지 않다고 했다. 태어나지 말았어야 했다고 했다. 집을 나가고 싶다고도 했다. 아빠와 다투고였다. 아직 죽음이라는 게 모호하고 관념적인 것이라, 여덟 살 아이가 죽고 싶다고 하는 말을 곧이곧대로 받아들일 필요가 없다고 하더라도 이건 아주아주 나쁜 신호. 나는 어떻게 말해줘야 할지를 몰라서 나린을 꼭 안고만 있었다. 일단 울음이 가라앉기를, 성난 마음이 누그러지기를 기다렸다. 심장이 쿵쿵 뛰었지만 최대한 차분한 목소리로 나린의 마음 상태에 대해 듣고, 이야기를 나누고, 애써 농담을 하고, 동화책을 읽어준 뒤 잠든 것을 보고 나왔다. 마감 때문에 노트북을 켜고 앉았지만 마음이 무너져 글이 되지 않았다. 밤을 새우다시피 하고 서울로 오면서 결국 참았던 것이 터졌다. 하필 착륙 직전이었는데 다행인지 불행인지 착륙하려던 비행기는 다시 김포 하늘 위를 선회했다. 바람이 너무 불어서 재착륙을 시도한다고 했다. 비행기가 심하게 흔들렸다. 바람이 많이 불어서, 비행기가 흔들려서, 멀미를 가장할 수 있어서 다행이었다. 나는 앞 좌석에 이마를 대고 두 팔로 머리를 가리고 조금 울 수 있었다. 울면서 속으로 말했다. 나도 힘들어, 나도 이해받고 싶어.

제주에 내려와 한 달 남짓. 괜찮아 보였지만, 사실 나도 나린도 낯선 환경에서 견디고 있었던 거다. 할머니가 보고 싶고 아빠가 보고 싶고 삼촌과 친구들이 보고 싶다고 했던 말, ○○가 놀린다고 했던 말, 누가 거짓말을 했다는 말……. 대수롭지 않게 넘겼다. 또 돌봄교실에 가고 싶지 않다는 말, 플루트를 불 때 머리가 아파서 그만하면 좋겠다는 말, '나는 웃는 엄마가 좋아'라던 말. 나린이 보냈던 무수한 시그널들. '처음 엔 다 그래. 시간이 지나면 괜찮아질 거야.' 그런 말로 넘기지 말았어야 했다. 서울에서라면 그게 통했을지 몰라. 하지만 아빠도, 할머니도, 이 모도, 삼촌도, 친구들도, 발레 수업도 없는 이곳에서는 아닐 수 있는데. 게다가 남편과 몇 번 티격태격했다. 모든 게 바뀐 환경에서는 나린에게 스트레스일 수 있는데, 나는 그런 것들을 외면하고 애써 좋은 면만 보 려고 한 건 아닐까.

나 역시 괜찮은 척, 의연한 척, 슈퍼우먼인 척했지만 과부하가 걸렸 던 게 아닐까. 텃세를 걱정해서 사람 만날 때마다 괜히 더 웃고, 더 적극 적으로 수다를 떨고, 학부모 모임 같은 데도 열심히 나가고, 평소라면 하지 않았던 SNS에 성실하게 댓글을 달고. 이삿짐 정리와 학교 일, 집 안일, 나린 돌보기를 비롯한 기타 등등과 매주 마감해야 할 원고들. 그 리고 남편과 떨어져 혼자 아이를 책임져야 한다는 긴장감, 큰 병원도 없는 이곳에서 갑자기 나린이 아프면 어떡하지 하는 불안감까지. 차도 가 없는 어깨 통증과 위경련도 마음에서 시작된 거라는 걸, 웃는 나는 인정하고 싶지 않았다. 야, 허은실, 왜 너 혼자 센 척하는 건데?

새벽 네 시쯤. 나린의 잠꼬대가 심하다. 무슨 꿈을 꾸는지 찡그린 얼굴. 울상이 되어 투정 섞인 말과 발길질까지 한다. 이불을 덮어주고 가슴을 토닥여준다. 침대에 걸터앉아 잠든 얼굴을 들여다본다. 우리가 제주에서의 모살이를 잘해낼 수 있을까.

4월의 이름

봄 하늘 이삭별처럼 당신은 나를 붙들었습니다. 이름들을 손가락으로 훑어 내려가다가 내가 사는 마을을 서성일 때였습니다. 흔하고 예스러운 그러나 순하게 빛나는 그 어감 때문이었을까요, 어쩐지 마음을 끌어당기던 당신의 이름. 나는 천천히 써보았습니다.

지난해 서울 성북동에서 열린 '너븐숭이 유령'이라는 기획전에서였습니다. 당신도 잘 아실 테지요. 4·3 당시 이틀 만에 400여 명이 학살당한 북촌의 '너븐숭이'. 그곳을 상징적 공간이자 시작점으로 삼아 4·3을 추념하는 전시였습니다. 전시장 가로벽을 다 차지할 정도로 긴 화폭에 깨알 같은 점들이 흐르는 한 작품 앞에 섰습니다. 4·3 희생자의 이름을 하나하나 붓글씨로 기록해놓은 작품. '영혼의 비'라는 제목이었습니다. 전시장 한 벽엔 빈 캔버스가 별도로 마련돼 관람객의 참여로 완성해가는 프로젝트. 희생자 명단이 마을별로 정리된 명부가 있었고, 거기서 누군가의 이름을 골라 적으면 되는 것이었지요. 나는 내가 사는 수산리를 찾아보았습니다. 거기서 당신을 만났습니다. 수백 개의 이름들을 짚어 내려가다 당신 앞에서 멈추어 선 것입니다. 아니, 당신이 나의 소매를 잡아끌었던 걸까요.

김순금. 1917년생 제주 서귀포시 남제주군 성산면 수산리.

나는 당신의 이름을 적었습니다. 그리고 이 하나의 이름을 기억하는 일이 내가 4·3이라는 역사를 기억하는 방식이 될 거라는 생각이 들었습니다.

기억,이라니요. 네, 그랬습니다. 기억하겠다는 말, 잊지 않겠다는 다짐. 저도 곧잘 하고는 했습니다. 그러나 막연한 당위 또는 다짐으로는 잘되지 않는 일이더군요. 뇌는 태만하고 쉽게 망각하는 습성이 있기 때문입니다. '추억'과 '기억'의 한자에 기대어 이런 생각을 해본 적이 있습니다. 마음에 감싸인 소리를 그저 마음으로 '따라가' 보는 것이 '추억(追憶)'이라면, '기억(記憶)'은 마음으로 감싸 안은 소리를 마음에다 다시 '쓰는' 일이라고요. 기억이란 그런 행동성, 능동성이 요구되는 행위라고요. 나는 한 이름을 지니기로 합니다. 남제주군 수산리 김순금.

70년 저쪽의 당신이 살던 곳은 수산리 어디쯤일까요. 당신은 어떤 사람이었습니까. 무엇을 좋아하고 무엇에 울고, 어떤 일을 하며 지상에서의 30여 년을 살았을까요. 그리고 당신은 어디에서 어떻게 지상에서의 마지막 기억을 지니고 떠났을까요. 뼈를 수습하듯 획들을 놓아보고, 거기 살을 붙이고 숨을 불어 일으켜 세워 '나만의 순금', 당신의 이미지를 만들어내려고 애써보았습니다.

닿는 곳마다 당신이 내 앞에 설 때였습니다. 나는 또 다른 당신을 만났습니다. 당신을 알고 한 열흘이나 지났을까요. 세월호 희생자 명단에 서였습니다. 일반인 희생자 11명의 영결식이 열렸다는 뉴스를 보았습니다. 그 11명 중에 김순금 씨가 있었습니다. 회갑을 기념해 제주로 여행을 가던 길이었다고 합니다. 만약에, 만약에 그날, 그 배가 제주항에 닿았더라면, 김순금 님은 내가 사는 마을, 당신이 살았던 이곳에도 오지 않았을까요. 혹시, 혹시나 일출봉에 올라서, 아니면 광치기 해변 유채꽃 앞에서 셀카봉을 들고 친구들과 기념사진을 찍지는 않았을까요.

그해 제주에 살던 김순금. 그날 제주로 가던 김순금. 그 둘이 나는 어쩐지 한 사람인 것만 같아 심장이 뛰었습니다. 이 우연한 만남이 그저 우연만은 아닌 것 같아서였습니다. 혹시, 당신이었습니까. 그해의 당신이 육십갑자 다시 돌아 그리운 고향, 그듸('거기'의 제주 방언)로 가던 길은 아니었습니까. 나의 몹쓸 상상은 70년을 뛰어넘어 이런 쪽으로 뻗어 갔습니다. 그런 생각을 하자 눈물이 날 것 같았습니다. 그러다가 아니다, 그건 너무 가혹한 일이다, 혼자 또 고개를 젓습니다. 그럴 수는 없는 것이지 않습니까. 그래서는 안 되는 거니까요.

하여 그저, 그 이름을 마음에다 다시 씁니다.

이름이라는 개별성. 이름이라는 고유성. 이름이라는 구체성 때문입니다. 희생된 이름으로써 역사는 추상적인 과거가 아니라 실체적인 사건이 됩니다.

한 사람의 이름을 가슴에 지니는 일. 아무 연고 없는 이의 이름을 죽을 때까지 생각하기로 하는 일. 그것이 제겐 망각에 저항하는 방법입니다.

세월이 지운 이름들 꽃멍울로 돋는 검으나 이 땅에, 한 이름을 지녀 이름을 살려 나는 왔군요.

그렇게 당신은 내게로 왔습니다. 4월의 이름으로.

°세월이 지운 이름들 꽃멍울로 돋는 길으나 이 땅에,
한 이름을 지녀 이름을 살려 나는 왔군요.

그림자와 놀다

저녁 6시 무렵, 책방 무사 옆 작은 공터는 근사한 곳이 된다. 햇빛이 노릇노릇해지고 우리가 '큰나무'라고 부르는 후박나무가 그 햇빛을 기울여 받아 벽에 그림자를 기대기 때문이다. 몇 주 전, 여기에서 책방 주인인 요조와 직원 1호 종수 씨, 나, 그리고 나린이 같이 벼룩시장을 열기도 했다.

몇 개월이나 되었을까.

처음 그림자를 보고 놀라워하던, 땅 위에서 자꾸만 움직이는 어두운 덩어리를 보고 동그래진 눈을 떼지 못하는 아기였던 너.

몇 살이나 되었을까.

그림자를 보며 그림자와 대화하던 너. 그림자를 앞세우고 그림자를 쫓아 뛰어가던 너.

오늘 아이는 제 그림자와 논다.

어른이 된다는 건 제 그림자와 대화하고 잘 놀아주어야 하는 일이기도 하다.

그림자는 존재가 흘리는 검은 눈물. 벽을 만나면 일어서는, 내가 기르는 어둠. 부디 네가 너의 그림자를 알아주고 자주 안아주기를.

초속 11m

대체로 흐림. 남서쪽에서 초속 11m로 바람이 붑니다. 최고 기온은 19도입니다.

바람 소리에 날씨 앱을 켜봅니다. 남서쪽에서 초속 11m의 바람. 열어두었던 창을 모두 닫았습니다. 귤밭의 나무들이 꺾일 듯 휘어지며 흔들립니다. 작은 삼거리에 검은 봉지가 둥둥 날아다닙니다. 초속 11m. 우산을 들고 서 있기 힘든 정도의 강한 바람이라고 합니다. 오늘 밤은 나린의 꿈속으로도 바람이 불 것 같아요. 나는 자다가도 깨어 아이의 잠을 여며주겠지요. 그곳은 어떤가요. 건너편 파란 지붕 집 벚나무엔 꽃이 한 잎도 남지 않았어요. 초속 5cm. 벚꽃이 지는 속도라고 하지요. 초속 5cm가 초속 11m를 당해낼 수 있겠어요? 화속이 풍속에 지는 풍경 앞에서, 꽃이 지는 것은 결국 저주는 것이라고 했던 그 말을 생각해요.

나로 사는 것

"내가 나로 사는 것도 쉽지 않네."

여기저기 늘어놓은 옷들 좀 정리하라니까 나린이 하는 말.

무슨 의미로 한 말이었을까. 정리를 잘 안 하는 자신을 감당하기 쉽지 않다는 것일까. 정리하는 게 자신에게는 쉽지 않은 일이라는 걸까.

자기로 산다는 것은 과연 뭘까. 나도 실은 아직 잘 모르겠어.

세상이 정해놓은 기준과 시류를 따르지 않고 자기를 지키는 것. 훼손되지 않고 휘둘리지 않고 고유한 개성을 보존하는 것. 그건 너무 어려운 일이 돼버렸지. 자칫 튀는 존재, 유난하고 까탈스러운 사람으로 비쳐지기 십상이니까. 더군다나 모든 것이 상품 가치로 환원되는 자본주의사회에서는 가장 큰 고투와 용기를 필요로 하는 일.

나는 나로 살고 있는 걸까? 가면을 쓰고 그럴듯한 모습으로 나를 연기하는 나.

일곱 살 때 나린이 했던 말이 생각난다.

"나는 왜 나일까? 맨날 넘어지고 떨어뜨리고 부딪히고."

마당에서 넘어져서 무릎을 깨고 울면서 했던 말. 물론 그때 그 말 역시 '나는 왜 이 모양일까?'란 의미에 가까웠을 것이다. 그런데 나에게는 그 말이 그렇고 그런 세상의 닳고 흔한 표현이 아니라 무언가 근원적인, 존재에 대한 거대한 물음처럼 느껴졌다.

나는 왜 네가 아니고 나일까. 무엇이 나를 나로 만드는 걸까.

다만, 그건 알 것 같아. 그렇게 넘어지고 떨어뜨리고 부딪힌 상처와 흔적 들이, 실패의 궤적들이 너의 정체성과 개성을 만들어간다는 것 말이야. 넘어지고 부딪치는 걸 두려워하지 말자.

오늘도 너는 나에게 새삼스러운 화두를 던진다. 내가 나로 사는 것. 쉽지 않은 일이지만, 양심의 거울에 비춰볼 때 적어도 스스로에게 부끄럽지 않게 사는 것. 정답을 찾기는 어렵지만, 질문만은 놓지 않으려 한다. 나는 나로 살고 있는가.

그날

"오랜만이네. 이 옷."

겨울옷을 빨아 정리하기 전에 한 번 더 입혀야지 하고 꺼낸 원피스를 보고 하는 말이다. 지난겨울 네덜란드에 사는 꽃재와 닉 부부가 선물해 준 원피스였는데, 이삿집 정리가 늦어 어느 상자에 담겨 있다 이제 발견한 것이다. 옷 색깔에 맞춰 노란 머리핀을 꽂아주다가 '아, 그렇지, 오늘!' 하고 깨우쳐진 일. 재킷에 '0416'이라는 수가 놓인 꽃 배지를 달아주었다.

"4년 전에 배 타고 제주로 여행을 오다가 도착하지 못한 언니 오빠들이 있어. 여기 숫자 보이지?"

"응. 공사일육."

"그날이 오늘이야."

"그게 처음 가는 여행이었어?"

"처음인 사람도 있었겠지?"

아이가 학교에 가고 난 뒤, 무언가 석연치 않은 감정이 내내 따라다닌다. 이 개운치 않은 마음의 정체가 무엇일까. 단지 오늘이 그날이라서, 그날을 떠올리게 되어 마음이 가라앉기 때문인가. 그렇기도 하지만, 아니다.

언젠가 자연스레 알게 될, 굳이 알려주지 않아도 될 어두운 이야기를 여덟 살밖에 안 된 내 아이에게 들려줬다는 후회 때문인가. 그렇기도 하지만, 아니다.

알려주더라도 굳이 배지까지 달아줄 건 아닌데, 그로 인해 내 아이가 받게 될 불필요한 시선 때문인가. 그렇기도 하고, 아니기도 하다.

그렇다면 무엇 때문에 마음 깊은 데가 선명히는 아니지만 분명히 불편한가. 이것은 혹시 자기만족 혹은 자기위안은 아닐까. 그래서였던 것 같다.

나는 아이의 옷에 배지를 달아줄 정도로 이른바 깨어 있는 시민이라는, 타인의 슬픔에 공감할 줄 아는 사람이라는 자기만족, 누군가에게 그런 존재로 비치고 싶다는 은밀한 욕망이 스며 있었던 것은 아닐까. '나'는 잊지 않고 있다는 알량한 양심과 자의식의 표시, 그것으로서의 배지에 말이다. 그냥 혼자 속으로 기억하면 될걸, 또 다른 자의식이 작동한다. 그러나, 그렇기도 하지만 아니기도 하다.

오늘을 망각한 누군가는 노란 그것을 보고 아침의 나처럼 '아, 맞다 오늘!' 하고 기억해내지 않을까, 그렇다면 그것으로 의미 있는 것은 아닐까. 하지만 또다시 꼬리를 잇는 부정. 그런 식으로 의미를 부여함으로써 과하다고 볼 수 있는 내 행동을 합리화하고 있는 것은 아닌가. 해소되지 않는 감정과 생각 들이 종일 나를 괴롭힌 하루였다. 다만, 그 어떤 마음이 진짜이든, 이제부터 이것만은 새로이 떠올리기로 한다.

그 언니 오빠 들이 오려고 했던 섬에 우리는 살고 있어. 노란 유채가 피는 계절이야.

오다

"미깡고장 하영 잘도 왔수다예."

리사무소 앞 귤밭 지나는 동네 어르신 하시는 말씀. 귤꽃이 많이 피었다는 이야기.

이 향기는 어딘가 치자꽃을 닮았다. 달콤한 한편 상큼함이 섞여 있다.

귤꽃이 오고 있다. 밥풀 같은 봉오리들이 열리고, 마을 길에도 귤꽃향기가 흐른다. 햇살 받은 어린 귤잎들, 병아리의 부리 같다.

지붕 아래에는 제비가 왔다. 달이 왔다. 오늘은 곡우. '곡우가 넘어야 조기가 운다.'라는 속담이 있다. 곡우 무렵은 조기의 산란이 시작되는 시기. 민어와 조기는 산란할 때 운다고 한다. 운다고 하지만 암수가 서로 부르는 소리. 그런데 물고기가 울다니. 발성기가 없는 물고기의 울음을 상상해보았다. 물속이지만, 눈을 뜨고 있지만, 물고기도 울고 싶을 때가 있지 않을까.

뭍에서는 귤꽃이 오고, 어린 찻잎이 오고, 제비가 오고, 달이 오고. 물에서는 미역이 오고, 조기가 울고. 그러나 오지 않아서 우는 마음들이 있고.

그날 너희들이 여기 왔다면 바람에 섞인 이 귤꽃 향기를 맡았을까.

죽음에 대한 이야기들

∴

"엄마, 자살이 뭐야?"

"음…… 그만 살기로 하는 거."

"나 자살하고 싶어."

(헉! 아니! 왜!)

"사는 게 힘들어."

(사는 건 원래 힘들어.)

"난 형제도 없고, 외롭고, 주말이 돼도 아는 곳이 없어서 갈 데도 없고. 나는 웃는 엄마가 좋은데 엄마는 잘 웃지도 않고."

∴

"엄마, 나 크리스마스 선물로 뭘 받을까?"

(크리스마스 선물을 벌써? 머뭇거리는 사이) 죽고 싶다고 한다. 죽어서 천국에 가고 싶다고. 지옥에 가면 꾸꾸이체조를 해야 한다고.

크리스마스 선물로 크리스마스에 죽는 것을 원하는 여덟 살이라니!

∴

"저세상에 빨리 가고 싶어."

"(아, 왜 또⋯⋯!)"

"엄마가 나보다 먼저 죽을 거잖아? 저세상에 가 있는 엄마를 다시 만나서 마음껏 볼 수 있으니까."

이즈음 나린은 죽음에 대한 이야기를 많이 한다. 그게 나를 힘들게 한다. 내가 잘못하고 있는 것 같아서. 내 탓, 내 책임 같아서. 하필 요즘 영화 「코코」를 수십 번 보고, 그림책 『이게 정말 천국일까?』를 너무 재미있게 읽어서 사후 세계에 대한 일종의 판타지가 생긴 영향도 있을 것이다. '죽음'에 대해 유독 관심이 커지는 발달의 한 시기도 있다고 한다. 하지만 한편으로는 새로운 환경에 대한 스트레스가 그런 식으로 표현된 것이 아닐까. 뒤늦게 깨우쳐진다. 깨닫고 심장이 허물어진다.

천국에서 하고 싶은 것

오늘도 기분이 썩 좋아 보이지 않는 나린. 나는 분위기를 끌어올려 보려고 제안을 한다. 『이게 정말 천국일까?』를 읽으면서 우리도 천국에서 하고 싶은 것에 대해 얘기해보자고.

"하고 싶은 거 별로 없는데."

시큰둥한 반응.

"에이, 그래도! 천국에서는 뭐든지 할 수 있잖아!"

잠시 뜸을 들이더니

"음, 새들의 합창을 듣는 거. 새들 말을 알아듣는 것."

"엄마는 돌고래랑 얘기하고 싶어."

"고양이랑 강아지 말을 알아듣는 것. 조용히 노을을 보는 것. 평화롭게 산책하는 것."

"그건 여기서도 할 수 있잖아. 그럼 저번에 오름에선, 노을 보고 가자니까 왜 빨리 내려가자고 했어?"

"그런 거 말고 엄마랑 둘이만 조용히 옥상 같은 데서 보는 거 말이야."

그러면 여기가 천국인 거네?

우리는 여기서 평화롭게 산책하고, 우리는 여기서 새들의 합창을 듣고, 우리는 여기 옥상에서 노을을 보았으니까.

마음은 종이

"엄마, 마음은 종이 같은 거래."

"잘 찢어져서?"

"종이는 잘 구겨지잖아. 구겨진 걸 펼 수는 있지만 흔적은 남잖아.
내 마음에 흔적이 쪼오금 남아 있거든."

학교 다녀와 내내 표정이 좋지 않았던 아이. 친구가 자기한테 뭘 명
령해서 기분이 나빴다고 한다. 그럴 땐 '싫어'라고 말할 수도 있어야 한
다고, 그리고 잊어버려야 한다고, 오래 마음에 품고 우울해하지 않는
게 좋다고. 그런 말을 해주었더니 흔적이 많이는 아니고 쪼오금 남았다
는 거다.

그래, 어떤 자국들은 희미해질지 몰라도 오래 지워지지 않더라. 구겨
진 종이의 어떤 흔적은 손금처럼 마음에 새겨지기도 하더라. '잊어버
려' '지난 일인데 뭐' 타인의 고통과 슬픔에 대해, 이런 말을 쉽게 하지
않기로 하자.

완전히 새것처럼 보여도/오늘에는 어제의 얼룩이 있다/지난 일이라는 한
마디 말이/표백제가 되지는 않는다/눈물을 샤워로 흘려보낼 뿐

— 다니카와 슌타로 「어제의 얼룩」 중

나의 기억들에 대해 들려주었다. 내성적이고 속엣말을 하지 않던, 얼굴이 잘 빨개지는 아이였던 엄마는 '싫어'라고 말하지 못한 게 조금 후회된다고. 그래서 몇십 년이 지난 지금까지도 그 기억이 난다고. 아이는 자기만 할 때의 엄마 모습을 듣는 게 신기하고 재미있는지 자신의 일은 잊고 깔깔 웃는다. 그 웃음이 쪼오금 남은 마음의 흔적도 지워준다면 좋겠다.

◦ 다니카와 슌타로 『시를 쓴다는 것』, 조영렬 옮김, 교유서가 2015.

운동회

운동회 날이다. 나린을 먼저 보내놓고, 구경이나 할 요량으로 여유롭게 학교로 갔다. 그런데! 학부모 참여 경주도 있다는 얘길 못 들었는데, 엄마들도 출전해야 한다는 거다. 이럴 줄 알았으면 어젯밤에 미리 달리기 연습이라도 해두는 건데……. 내가 장거리달리기는 잘했지만(믿거나 말거나) 단거리는 좀 약하거든. 그나마 운동화를 신고 나온 건 다행이다.

나린은 나를 닮아서(라고 남편이 주장) 운동신경이 좀 떨어진다. 나를 닮아서 운동을 못한다는 얘길 듣고 싶지 않다. 나는 나린에게 부끄러운 엄마가 되고 싶지 않다. 더구나 나와 함께 스타트라인에 선 엄마들은 한눈에 봐도 다 30대다. 아, 여기서 꼴찌 하면 나린이 나를 더 부끄러워할 텐데……. 이까짓 장애물달리기가 뭐라고 심장이 두근거리나.

총성이 울리자마자 나는 총알같이(는 솔직히 아니고) 튀어나갔다. 죽어라고(도 솔직히 아니고) 달렸다. 훌라후프를 다섯 번 돌리고, 원통형 장애물을 통과한 뒤, 마지막에 오리발을 신고 달리는 코스다. 젖 먹던 힘으로(도 솔직히……) 달려 결승선에 들어와서야 뒤를 돌아보니! 나보다 젊은 엄마들이 아직 오리발을 신고 뒤뚱뒤뚱 오고 있다. '음하하하하하!' 내심 회심의 미소를 짓고 있는데, 사회를 보시는 고영준 선생님 말씀이 온 운동장에 울려 퍼진다.

"나린 어머니 그렇게 안 봤는데, 의외로 승부욕 있으시네요!"

조금 머쓱했지만 뭐 어때랴. 나린에게 부끄럽지 않은 엄마이면 된다. 나는 득의양양하게 나린에게로 갔다.

"봤어? 엄마 1등 한 거."

"응."

뭐야, 반응이. 그게 끝이야? 운동신경은 나를 닮지 않았다는 게 증명되었고, 저 시크함은 대체 누굴 닮았담. 하긴 세 명 중에서 1등 한 게 무슨 자랑이라고.

운동회의 대미는 이어달리기였다. 청군, 백군으로 나눠 전교생이 참여하는 릴레이. 전교생이 70여 명밖에 되지 않기에 가능한 경기다.

그런데 웬일이야. 나는 뜻밖에 눈물이 솟았다. 바통을 꼭 쥐고, 이를 꽉 물고 있는 힘을 다해 달리는 모습 자체가 감동이기도 했지만, 고학년 언니 오빠 들이 트랙 주변을 같이 뛰면서 저학년 동생들의 이름을 부르며 응원하는 모습이 너무 뭉클했다. 특히 청군과 백군의 거리가 반 바퀴 이상 벌어지자 앞서 달리던 아이가 속도를 늦추는 장면에선 가슴에 더운 것이 번져갔다. 패자의 패배감이 너무 커지지 않도록 배려하는 모습, 그러면서도 상대의 자존심이 상하지는 않을 정도로 페이스를 조절하는 모습은 예기치 못한 감동이었다.

이어진 학부모 이어달리기도 마찬가지였다. 출렁이는 뱃살을 아랑곳하지 않고, 앞서거니 뒤서거니 청군 백군이 엎치락뒤치락이었는데, 트랙의 코너를 돌아 마지막 구간에 들어서자 앞서 달리던 청군 지현 씨가 속도를 늦춘다. 백군 마지막 주자 동금 씨가 나란해지자 손을 뻗는다. 그리고 둘은 같이 두 팔을 올리고 결승선의 테이프를 끊었다.

이 학교가, 이 마을이 더 좋아졌다.

이 학교가, 이 마음이 더 좋아진다.

포란

옥상 문을 열자 푸르르 날아간다. 잠시 후 다시 날아와 둥지에 한참 앉아 있다가 내가 다가가자 날아간다. 알을 품기 시작했나보다. 포란의 계절이다.

내가 너를 배 속에 품고 있을 때 나는 얼마나 조심했던지. 그러려고 애써 의식하지 않아도 늘 조신하고 삼가는 태도가 되었다.

본능적으로 배를 감싸 안았다. 네가 태어나기 사흘 전, 아빠가 돌아가셨다는 소식을 들었을 때도, 내 두 손은 배를 먼저 감쌌다. 네가 듣고 놀랄까봐. 슬픔도 물리쳐 밀어두었다.

품는다는 것. 둥글어지는 것. 둥그런 것을 지키기 위해 둥근 자리를 만들고 자신도 둥글어지는 일. 직선의 팔을 구부려 둥글게 만들고, 나뭇가지들을 모아 둥그런 둥지를 짓는 일.

품는다는 것. 지키는 것. 위험과 미혹을 물리치는 것.

품지 않고 나오는 생명이 있을까. 매화꽃 진 자리에 새파란 것들이 조롱조롱하다.

° 네가 듣고 놀랄까봐 슬픔도 물리쳐 덜어두었다.

엄마는 외계인

'책 읽어주는 학부모 모임' 세 번째 날이다. 이 학교는 '다흔디배움학교'라는 모토를 가진 제주형 자율학교. 이른바 혁신학교이다. 학생과 교사, 학부모가 다 함께 만들어가는 교육을 지향하고 참여도 적극적인 편이다. 부모들이 격주 수요일마다 학년을 돌아가며 동화책을 읽어주기도 한다.

오늘은 1학년 차례. 나린의 반이다. 책을 고를 때 나린의 지도 편달을 받는데, 오늘은 『왜요?』란 동화를 선택했다. 나는 늘 하던 대로 '열심히' '재미있게' '실감 나게' 읽어주었다. 중간에 외계인들의 언어가 나오는데, 역시 나린에게 읽어주던 대로 나름의 외계어를 구사했다. 주인공이 '왜요?'라고 질문하는 대목마다 아이들이 같이 "왜요?"를 외치며 대화하듯 독서를 마치고 나자, 아이들의 질문.

"어떻게 그렇게 외계인 말을 잘해요?"

"선생님이 외계인이니까!"

"에이, 거짓말. 외계인 말 또 해봐요."

나는 신이 나서 네이티브 발음으로 유창하게 구사했다.

몇몇 아이는 나를 흉내 내기도 하고, 내가 무슨 말만 하면 책 속의 아이처럼 "왜요?" "왜요?" 하며 장난을 친다. 그렇게 아이들과 이야기를 나누고 있는데, 나린이 조용히 다가온다. 낮은 목소리로 "엄마, 빨리가” 그런다. 너는 언제쯤 엄마를 부끄러워하지 않을 거니.

학교가 끝나고 나린을 데리고 오는 길. 공동주택 마당에서 1학년 하은이와 영화를 만났다. 하은이 나를 보고 달려오더니 “이모, 외계인 말해봐요.” 그런다. 이번에도 거침없이 “&%$^)+)K@$^”라고 답하자 영화가 “이모 진짜 외계인이에요?” “그럼. 아니면 어떻게 외계인 말을 하겠니. 영화 한번 해봐.” 당연히 못한다. 이번에도 나린은 표정이 좋지 않다. 빨리 올라가자고 팔을 잡아끈다.

“엄마 진짜 외계인 아니지?”
집에 들어온 나린이 묻는다.
“나린이 몰랐구나. 조만간 얘기하려고 했는데, 사실 엄마 진짜 외계인이야. 몸은 지구인처럼 보이기 위한 껍질일 뿐이고, 임무를 마치면 이 껍질을 벗어놓고 엄마 별로 갈 거야.”
그런데 아뿔싸! 나린이 울먹울먹하더니 대성통곡을 하는 거다.
“난 엄마가 외계인인 거 싫다고! 엄마가 껍질 벗어놓고 가면 내 밥은 누가 해주냐고!”
아니 그러니까 너는 지금 밥해줄 사람 없어지는 게 걱정돼서 우는 거니?
나린을 안아주며 미안하다고 진지하게 말했다.
“미안해, 이제 얘기해서. 엄마도 나린이를 남겨놓고 가기 싫어. 최대한 지구에 오래 있도록 엄마 별 대장한테 잘 얘기해볼게.”

리 체육대회

"이번 토요일에 리 체육대회를 하는데, 5반, 6반에서 음식을 할 예정이라고 합니다. 시간 되시는 분들은 참여 부탁한다는 5반 반장님 말씀입니다."

해마다 5월, 리 전체 주민이 참여하는 마을 체육대회가 열린다. 반마다 돌아가면서 음식을 만드는데, 올해는 5학년 동건이네 외할머니 댁에 모였다. 점심쯤 가니 벌써 창고 안이 음식 냄새와 훈기로 가득하다. 잔치가 있을 때마다 돼지를 잡고 삶는 건 남자들 몫. 커다란 들통에서는 흰 김이 오르고, 돗궤기(돼지고기) 담당자는 연신 와서 불을 조절하고 한번씩 돼지를 찔러본다. 동네 할머니들은 내가 잘 알아듣지 못하는 사투리로 이야기를 나누며, 고기가 익기를 기다린다. 이윽고 깔아놓은 댓잎 위에 삶겨진 돼지고기를 꺼내놓으면 칼을 쥔 할머니가 능숙하게 부위별로 잘라낸다. 그러는 동안 젊은 축에 속하는 여자들은 전을 부치고, 나물을 무치고, 고기를 삶고 난 국물에 모자반 넣고 몸국을 만든다. 토종 제주식 순대와 몸국의 냄새는 아직 나에게 쉽지 않다.

여자들이 음식을 만드는 동안 남자들은 마당에서 윷놀이를 한다. 명절에 자주 보던 풍경이 제주라고 다를까 싶으면서도, 마당의 흥성거림이 내겐 흥겹게만 들리지 않는다.

체육대회가 열리는 공설 운동장 식당에는 또 다른 부녀회 회원들이 모여 내일 먹을 음식을 준비하고 있었다. 국수용 멸치 다시마 육수를 끓이고, 오이 당근 파프리카 피클을 담고, 김치를 썰고, 계란을 부치고 표고를 볶아 고명을 만들었다. 마을 사람을 다 먹여야 하니 양이 어마 어마하다. 두께가 고르지 못하다느니, 지단이 끊어졌다느니, 손이 느리 다느니 할망, 아주망의 장난기 어린 참견을 들으며 서툰 솜씨로 지단을 썰었다.

"이모, 이거 뭐예요?"

일을 끝내고, 남은 막걸리를 두 병 챙겨 오는데, 꼬맹이 영화가 따라 오면서 묻는다.

"어, 이거 외계인들이 마시는 음료수야."

"이모 진짜 외계인이에요?"

"그렇다니까."

"그럼 유에프오는 어딨어요?"

"이모를 지구에 내려주고 돌아갔지. 이모 방이 외계인 친구들이랑 접 속하는 곳이야. 나중에 오면 보여줄게. 근데 이거 너한테만 알려주는 거야. 다른 사람한테 얘기하면 안 돼!"

나는 짐짓 주위를 경계하는 듯 둘러보면서 목소리를 낮추고 검지를 입가로 가져갔다. 영화는 눈이 똥그래져서 나를 쳐다보며 고개만 끄덕 끄덕. 헤어지는 1층 현관 앞에서 나는 다시 손가락을 입으로 가져가 다 짐을 받는 표정을 지어 보였다. 영화가 힘주어 고개를 끄덕이고는 휙 돌아서 뛰어간다.

설레는 사람

"연우 언니랑 놀면 왠지 가슴이 설레. 연우 언니 생각만 나."

세상에! 어제도 종일 놀고, 오늘도 연우네서 밤이 되도록 놀고, 몇 번이나 전화를 한 뒤에야 올라와서는 연우 언니 생각만 난다고? 심지어 빌려 입은 연우 언니 옷을 그대로 입고 학교에 가고 싶다는 거다. 숙제를 먼저 해야 연우 언니랑 놀 수 있다고 하니 숙제도 광속으로 해버린다. 연우는 2층에 사는 2학년. 요즘 나린의 새로운 '단짝'이다.

거봐, 세상에 오길 잘했지? 보고 싶어 설레는 사람. 보면 반가워 폴짝폴짝 뛰는 사람.

그런 사람 하나 갖는 것만으로도 인생은 살아볼 만한 거야.

살아 있다는 것의 물리적 징표는 심장이 뛰고 있다는 거잖아.

그런데 그 심장이 더 격렬하고 빨리 뛴다는 거니 그만큼 명백한 증거가 어디 있겠어.

살아 있음의 감각이 가장 예민하고 풍부해지는 감정. 그런 설렘이 부럽기도 하다. 축하해!

우리는 함께 배운다

아이를 데리러 갔다가 교실을 살짝 구경했다. 칠판 맨 위에 '급훈' 대신 이런 글이 붙어 있다.

"한 사람도 포기하지 않는다. 우리는 함께 배운다."

한글이든 산수든 아이 담임선생님은 조금 더 빠른 친구가 늦는 친구를 기다리게 해준다. 조금 잘하는 아이는 조금 더딘 아이에게 자신이 아는 것을 가르쳐준다. 자신의 앎을 나누어 반 친구들이 모두 같은 수준이 되었을 때, 다음 단계로 나아간다. 토끼처럼 먼저 달려나가게 하지 않는다.

'나라찬 규칙: 친구 물건 빼앗지 않기, 친구 말 귀 기울여 듣기, 친구 밀치지 않기, 친구와 사이좋게 지내기, 친구 놀리지 않기'

'나라찬'은 '참된 마음이 가득 찬 사람으로 자라나라'라는 뜻을 가진 우리말로, 1학년 학급 상징과 같은 단어. 책상에는 스스로를 칭찬하는 카드를 만들어 붙여놓았다.

"책을 많이 읽는 나를 칭찬합니다."

"그림을 잘 그리는 나를 칭찬합니다."

그리고 나를 칭찬하는 말도 있었다.

"허은실—나를 키워주어 칭찬합니다."

내 이름과 카드는 잎사귀 모양으로 장식해놓았다. 그 의미를 알기에 나는 기분이 좋았다. 엄마가 나뭇잎을 좋아하는 걸 나린이 안다는 뜻.

나는 이렇게 멋지게 아이들을 이끌어주는 선생님을 칭찬하고 싶었다. 아이 인생의 첫 선생님으로 이런 분을 만난 것은 정말 행운이다. 오늘이 스승의 날이라 하는 말 절대 아니고요!

혼자 자유롭게?

"나 혼자 자유롭게 가고 싶어."

아니 내가 뭘 어쨌다고!

아무리 고작 3분 짧은 등굣길이지만 여덟 살짜리를 혼자 보내는 건 마음이 놓이지 않아 후문까지만 데려다준다는 건데, 그것도 나란히도 아니고 뒤에서 따라가주는 것뿐인데. 엄마가 같이 갈 필요가 없다는 거다. 혼자 간다는 거다. 자유롭게 간다는 거다. 아니 진짜 내가 뭘 어쨌다고. 그래, 너는 너대로 자유롭게 가란 말이다. 나는 나대로 자유롭게 뒤에서 간단 말이다. 자유롭게 뭐! 날아가기라도 하겠다는 것이냐.

"연우 언니 만나서 같이 갈 수도 있잖아."

그러면서 두 손을 모아 가슴에 포갠다.

"아니 가슴은 왜?"

"가슴이 두근거려."

"연우 언니 생각하니까?"

"응."

네가 좀 조숙하다만 첫사랑치고도 너무 빠른 거 아니니? 뭐, 알았어. 정 그렇다면. 나는 딸의 의사를 존중하는 민주적인 엄마니까.

그래, 내일부턴 자유롭게 가렴! 연우 언니랑.

정원사처럼 다시 또다시

무슨 나무일까, 어느 집 담 밑에 가지치기한 나무들이 수북하다. 향기로운 흰 꽃들이 매달려 있다. 나는 이대로 두면 어차피 죽을 테니까 며칠만이라도 꽃을 피우게 하자고 한아름 가지들을 추려 안았다.

"나는 엄마가 자연을 사랑하는 엄마라서 좋아."

자라고 불 꺼주고 내 방으로 와 책을 읽는데 문을 살곰 열고 배시시 웃는다. 베개를 안고 있다.

"난 엄마랑 자는 게 좋아. 엄마는 따뜻하고 보들보들해서 잠도 잘 오고."

그러라고 곁을 내주니 잠잘 생각은 않고 쫑알쫑알이다.

"엄마랑 이렇게 얘기하는 것도 좋고. 어제 엄마 꿈도 꿨단 말이야."

"나린아, 이제 수다 그만 떨고 책 보자."

"응!"

그러더니 1분도 못 돼서,

"엄마, 나쁜 일이 하나 있었어."

"나쁜 일?"

"지수 오빠가 나보고 말이 많대."

"그래? 네가? 나린이 학교에서는 말 많이 안 하잖아."

"내가 친한 애들이랑은 얘기를 많이 하거든."

대충 대답을 얼버무리고 다시 책으로 눈을 돌렸는데

"엄마 무슨 책 읽어?"

나는 책의 표지를 보여주었다.

"엄마, 우리 서로 책 읽어주기 하자."

나는 읽고 있던 책의 한 대목을 읽어주었다. 의외로 집중력 있게 듣고 있다. 어려운 단어가 나오면 뜻을 물어보기도 한다.

"재밌어?"

"응. 모르는 말도 알아가고."

이 문장들이 여덟 살 아이에겐 도대체 어떻게 들릴까?

어느 결에 잠든 나린의 이마에 입을 맞추고 속삭였다.

'사랑해.'

그리고 이 문장들에 밑줄을 긋는다.

지금 나는 쉰여덟인데, 이제 막 지나간 해에야 비로소 나는 사랑한다는 것이 무엇인지를 이해하기 시작했다. (…) 내가 다시 한 번 꽃과 어떤 관계를 맺을 수 있도록, 그것을 정말로 살아 있는 것으로 간직할 수 있도록, 구근들을 심는 혹은 잡초들을 뽑아내는 정원사처럼 다시 또다시 수없이 무릎을 꿇으면서.

메이 사튼 『혼자 산다는 것』, 최승자 옮김, 까치 1999.

죽은 개가 보고 싶어지는 시간

맑은 날의 해 질 녘이면 하던 일을 중단하고 옥상으로 올라간다. 천국에서 하고 싶은 것들의 목록 중 엄마랑 해 지는 걸 보고 싶다고 한 말이 마음에 깊이 남아서이기도 하지만, 찰나에 가까운 그 타이밍을 놓치면 노을은 사라져버리기 때문이다.

"언젠가는 마흔네 번이나 해 지는 걸 봤지."
그리고 조금 후에 너는 덧붙여 말했다.
"그런 거 알아요? 아주 서글퍼지면 해 지는 게 보고 싶거든요."°

어린 왕자는 슬플 때면 왜, 해 지는 모습이 보고 싶었던 걸까.
아름다운 것들은 단지 너무 아름다워서 슬프기도 하지.
해가 지고 어스름이 내리는 몇 분은 가장 마법 같은 시간.
여름 꽃들의 향기가 진해지는 시간.
그 몇 분 사이에 하늘은 단 한 순간도 같은 색으로 머물지 않는다.
시간은 그 무상한 색의 변화를 통해서 자신을 시각화하는 것도 같다.
그때 우리 마음은 어떠한가. 장엄한 풍경 앞에 벅차면서도 또 어딘가 괜히 불안하고 조급해지기도 한다. 결코 닿을 수 없을 거란 예감에 사로잡히거나 뭔가 못 견딜 것 같은 마음이 되기도 한다. 이름 붙일 수 없는 모호한 감정들이 박모의 시간에 태어난다. 어둠으로 번져가는 푸른 빛 속에서.

어느 날, 차창 밖으로 푸르게 물들어가는 저녁을 보면서 나린은 말했다.
"창밖을 보니까 꽃님이가 보고 싶어."
꽃님이는 죽은 개의 이름.
푸른 시간은 죽은 개가 보고 싶어지는 시간이다.
그런데 정말로, 해 지는 순간은 왜 슬픈 걸까.
어쩌면 인생이 저녁 어스름 같아서는 아닐까.
장엄하지만 덧없는, 아름다운 찰나이기 때문에.
그러고 보면 '어스름'이라든가 '저물녘' '뉘엿하다' '어둑하다' '땅거미' '어슬막', 이런 저녁의 말들은 또 얼마나 아껴서 쓰고 싶은 것들인지.
다섯 살이었던가. 아이가 저물다,란 말을 처음 썼을 때도 나는 저녁의 감정에 사로잡혔다. 마당으로 이어지는 골목 언덕을 오르며 '날이 저물었네'라고 말한 날이었다. 너는 이제 저물다,라는 단어를 사용할 줄 아는 나이가 되었다. 단지 저녁이 된다,라는 의미뿐 아니라 '저물다'라는 말이 품고 있는 무수한 저무는 감정들을 알아가게 되겠지. 그렇게 저물어갈 것이다. 저물고 그믈어가는 것. 슬프고 아름다운 일.

앙투안 드 생텍쥐베리 『어린 왕자』, 김현 옮김, 문예출판사 1973, 개정판 문학과지성사 2012.

연결

"엄마! 엄마, 이것 좀 봐! 세상 사람들은 모두 가족이야."

화장실에 있는데, 아이가 조금 상기된 목소리로 부른다.

"화살표 봐. 이렇게 다 연결돼 있잖아."

요시타케 신스케의 『이게 정말 나일까?』에 나오는 장면.

'이게 정말 나일까.'를 고민하며 이렇게 저렇게 '나'를 정의해보던 주인공이 '아빠와 엄마의 아들'로서 자신을 설명하는 대목. '나'는 아빠와 엄마의 아들이고, 아빠와 엄마도 각자의 아빠와 엄마가 있으니까 그렇게 쭉 따라 올라가다 보면 정말 많은 사람들이 이어져 있을 거라는 걸 표현한 그림이었다.

그래, 우리는 연결돼 있어. 넓게 보면 모두 가족이라고 할 수 있지. 그걸 발견하고 깨달은 순간의 네가 느낀 놀라움, 그래서 엄마, 엄마, 이것 좀 봐! 외치던 순간의 흥분을 살면서 잊게 되겠지만 가끔 기억했으면 해. 너는 '엄마 아빠의 딸'이기도 하지만 '지구의 딸', '우주의 딸', 네가 희망 편지를 보냈던 '사이먼의 동생', '제주남방큰돌고래의 언니'이기도 하다는 걸.

멍든 사과

"엄만 내 마음 모르잖아! 엄마는 내가 속상한 거 얘기하면 맨날 내 편은 안 들고 친구들 편만 들어."

오늘은 웬일인지 둘 다 기분이 좋지 않다. 저녁 먹고 내내 틱틱, 투닥투닥. 일부러 웃겨주려고 우스갯소리를 하는데, 그걸 농담으로 받아들이지 않고 계속 짜증을 낸다. 목욕을 하면서 몇 번을 투닥거리다가 나린은 내의를 신경질적으로 거칠게 뒤집어 끼고, 제 방문을 닫고 들어간다. 그 모습에 '아 어쩌라고!'의 심정이 되고 말아, 사과를 벅벅 씻었다. 나린이 들으라는 듯이. 얼마나 거칠게 씻었던지 깎을 때 보니 멍이 들어 있다.

멍든 사과.

멍든,

마음.

나린의 마음이 구체적인 이미지를 가지고 내 앞에 떠올랐다. 마음이 물리적으로 아파왔다. 위액이 분비되고 심장이 조여오는 감각으로. 아, 어떡하지. 네 마음에는 더 큰 멍이 들었을 텐데.

평소라면 얼마쯤 지난 후 나와서 배시시 웃거나, 말을 걸거나, 자기가 왜 그랬는지 설명할 텐데 오늘은 나오지 않는다. 침대 머리맡에 기대고 앉아 나린이 내 방으로 들어오길 기다리고 있었다. 내가 지금 뭐

하는 거지. 자책과 가책으로 뒤척였다. 스스로가 너무 형편없이 느껴져서 괴로웠다.

나린의 방으로 건너갔다. 나린의 이유를 듣고, 나의 마음을 설명하고 다시는 이렇게 짜증 내고 싸우지 말자는 화해의 대화 끝에 나린이 말했다.
"그 대신 조건이 있어. 많이 웃고, 떠들고, 같이 있어야 돼."
"응. 엄마도 마음으로는 늘 웃고 있어."
소용없는 말. 소용없는 변명. 마음으로 웃는 거. 나린이 몇 번을 말했던가. 엄만 늘 바쁘고, 놀아줄 시간도 없고, 잘 웃지도 않는다고.

그런데 있지, 엄마도 노력하고 있어. 너의 한마디 한마디에 지체 없이 반응하고 대답하려고 하고, 늘 네 쪽으로 귀를 열어놓고, 네 앞에서 늘 웃는 표정을 지으려고 하고, 가능하면 크게 웃고, 그리고 같이 놀아주려고. 그런데 있지, 엄마가 가진 에너지와 시간은 너무 적기만 하네. 엄마는 일을 해야 하고, 엄마는 시를 써야 하고, 엄마는 책을 읽어야 하고, 엄마는 책을 내야 하고, 엄마는 밥을 해야 하고, 설거지와 청소와 빨래를 하고, 변기와 가스레인지를 닦아야 하고, 너를 씻기고 나를 씻기고, 숙제와 일기와 준비물을 챙기고, 학교 일에 참여하고, 일정을 계획하고 조율하고 비행기표를 예매해야 하고, 장을 보아야 하고, 공과금을 내야 하고, 데려다주고 데려와야 하고, 육지 손님을 맞아야 하고, 운동도 해야 하고, 트위터도 해야 하고, 아프기도 해야 하고. 그러는 틈틈이 너의 말들에 대꾸하고, 많이 웃고, 너와 늘 같이 있고 싶은데 그 모든 것을 잘 해내기가 쉽지가 않아. 그 모든 것 속에서 네가 1순위가 되어야 하는 걸 잘 알고 있지만, 때로 그 모든 것이 엉킬 때는 뇌에서 연기가 나는 거야. 합선이 되고, 퓨즈가 나가는 거야. 엄마가 했던 말 기억하니. 엄마가 손오공이면 좋겠다고. 털을 뽑아서 후 불면 나와 똑같은 내가 뿅, 나타나서 한 번에 한 가지씩 할 일을 나눠 하면 좋겠다고.

너는 나에게 세상 가장 큰 기쁨이지만, 한 존재를 감당한다는 사실이 엄마에게는 겁이 나고 두려운 일이야. 더구나 나를 닮아가는 너를 볼 때는 덜컥 무서워져. 이렇게 순하고 여리고 맑고 총명한 너를 망칠까 봐. 내가 망가뜨릴까봐. 너를. 네가 언젠가 일기에 썼던 것처럼 엄마도 사는 게 어렵구나. 엄마도 모르는 게 많고, 엄마도 어떻게 해야 할지를 모르겠어. 이런 엄마라도 너는 나를 사랑하고 이해해주겠니.
너무 애쓰며 살지 말자. 최선을 다하지 말자. 한 번 더 나에게 이렇게 다짐해본다.

내가 말리는데도 엄마는 뱀을 죽이겠다고 목을 쥐고 그러다 물려서 손에 피가 났다.
흰 털이 난 뱀이었다. 몇 번이나 잠을 깼다. 꿈이었다.

새끼

∴

귤꽃 피었던 자리.

진녹색 꼬꼬마 귤들이 조롱조롱 달려 있다.

흰꽃이 꼬꼬마 귤이 되는 30일.

∴

아기가 나왔나봐.

아빠 제비가 바삐 날아갔다 둥지로 날아오기를 반복한다.

∴

'어머니, 오늘 나린이 수업에 오지 않아서 문자 드립니다. 시간 괜찮으실 때 통화 가능할까요?'

미술 선생님의 메시지에 전화해보니, 예림이랑 같이 수업에 오지 않았다는 거다.

짜식, 벌써 땡땡이를 치다니. 제법인데?

전성기

아이가 학교에 간 사이 남편과 옥상에 조촐한 파티 테이블을 꾸몄다. 지난해 썼던 소품을 재활용하고, 피자와 치킨을 배달시켜 공동주택 친구들 몇 명을 초대했다.

인간의 체세포는 7년이면 완전히 새로운 세포로 바뀐다. 만 7세가 되면 면역 체계가 성인 수준에 이른다. 그래서 태어나서부터 학교에 들어가기 전까지 온갖 병치레를 하면서 대부분의 예방접종을 마치는 것이다.

여덟 살은 비로소 탈피를 거쳐 세상에 맞설 몸으로 태어나는 시기. 유치가 영구치로 교체되고, 부모의 잔손이 덜 필요해지는 첫 번째 자립의 시기. 취학연령은 그런 생물학적 발달에 근거를 두고 정해진 것이기도 하다.

데이비드 실즈의 『우리는 언젠가 죽는다』에 따르면, 신체적으로 인간의 전성기는 일곱 살이라고 한다. 7세가 넘은 뒤에는 사망률이 8년마다 2배씩 증가한다. 우리는 통계로 따진 인생의 전성기를 지나자마자 늙기 시작한다.

축하해! 꽉 찬 일곱 살이 되는 날. 그 첫 번째 변태를. 인생의 전성기를!

망종 무렵

산딸기를 땄다.
보리가 익었다.
망종이 멀지 않았구나.
사마귀, 여치가 나오겠다.
매실이 여물겠다.

이름,
영원히 덧없고
끝없이 아름다운

아름다운 것들

세희가 와 사려니숲에 갔다. 요즘 오카리나에 재미를 붙인 나린은 차에서도 계속 똑같은 노래, 「아름다운 것들」을 불어댄다. 가는 길에 메밀밭을 만났다. 제주는 벌써 메밀꽃 필 무렵. 메밀꽃들에게 오카리나를 불어주라고 했다. 메밀밭의 파수꾼이다. 나비가 날아왔다.

길가에 토끼풀꽃이 희점점하다. 엮어서 작은 화관을 만들었다. 나린은 숲에서도 오카리나를 불었다. 산책객들이 소리가 좋다고 칭찬을 해주었다. 오카리나가 숲에 잘 어울리는 소리라는 것을 우리는 느꼈다. 나린이 오카리나를 불자 새들이 노래했다. 멈추자 새도 멈추었다. 오카리나는 새를 닮은 악기이다.

산담

    나무 아래 차를 대다 보면 늘 그 앞이다. 자주 가는 일출도서관 뒤뜰에는 무덤이 있다.

    도서관 한편에 무덤이라니, 낯선 풍경이다. 그런데 제주에선 전혀 낯선 일이 아니다. 집 근처에도 무덤이 많다. 밭 가운데, 마을 길가에, 오름 사면 여기저기에, 사려니숲 산책길 옆에, 당근밭 한가운데, 해안가 언덕 자락에 무덤들은 노상 있다. 뭐 어떠냐는 듯 버젓하다. 엄연하다.

    제주 사람들은 무덤을 묘라 부르기보다 '산'이라 표현한다. 묘 주변에 사각형이나 원형 돌담을 쌓아 울타리를 만드는데, '산담'이라 부른다. 방목한 소나 말이 무덤을 훼손하거나, 봄철 목초지를 태우는 '방애불'이 무덤으로 번지는 것을 막기 위해서라고 한다.

    그런데 그보다 더 내 마음을 끄는 산담의 역할은 따로 있다. 살아 있을 때와 마찬가지로 묘를 집처럼 여겨 울타리를 만들었다는 이야기. 그래서 밤에 길을 잃었을 때 산담 안에 들어가 잠을 자면 묘 주인이 자기 집에 찾아온 손님으로 여겨 보살펴 주기 때문에 안전하다는 이야기. 또한 산담에는 죽은 이의 혼령이 살았을 때의 집으로 찾아오길 바라는 마음에서 출입문인 '시문[神門]'을 만들었다는 이야기.

    그러니까 삶과 죽음이, 산 육신과 죽은 영혼이 이렇게 서로의 집을 들락거리며 내통하는 것이다. 죽음을 삶의 일부로 껴안은 제주 사람들의 세계관이 삶의 근처에, 삶의 터에 죽음의 자리를 만든 것이리라. 죽음은 사실 이렇게나 버젓하다. 근처다.

제주의 이런 생사관에 나는 매료된다.

꽃처럼 있어봐

"엄마, 꽃처럼 있어봐."

꽃 사진을 찍으면 이름을 찾아주는 앱에 재미를 들였다. 꽃 찾으러 뛰어다니다가 더는 검색할 꽃을 발견하지 못했는지 나를 향해 렌즈를 대며 하는 말.

"엄마, 꽃처럼 있어봐."

나는 손으로 꽃받침을 만들어 이쁜 척을 해 보였다.

'일치하는 꽃이 없습니다.'

그런데, 꽃처럼 있으라니.

꽃처럼 있으라는 말.

꽃처럼 있어라.

책방 무사에서 플리마켓이 열렸다. 갤러리 소다공에서 갖고 나온 꽃 중에 개망초가 가장 이뻐 보였다. 사진을 찍어 나린에게 보여주었다.

"너무 이쁘지?"

"엄마가 제일 예쁜 꽃이야."

오늘도 말로 천 원 빚을 갚는 너.

내 일이 아닌 것에 슬퍼지는 것

"오카리나 선생님이 화를 내서 예림이가 속상해했어. 예림이가 속상해하니까 나도 속상했어."

지난해 유치원에 다녀와서도 비슷한 말을 했던 기억.

"리원이가 울어서 나도 울고 싶어졌어."

여섯 살 때 일이 생각난다.

"나린이 울었어?" 하는 남편 목소리가 들려 방에 들어가 보니, 뺨에 눈물이 번져 있고 눈가가 붉다. 안아주니 조금 더 운다. 보고 있던 영화 「굿 다이노」에서 알로와 스팟이 이별하는 장면이었다.

그날 밤, 동화책을 읽어준 뒤 자려고 누워 몇 분이나 지났을까. 평소 같으면 고른 숨소리가 들려와야 할 텐데, 흐느끼는 소리가 들린다. 조용히 돌아보니 이불을 조금씩 들썩이며 나린이 소리 죽여 울고 있다.

"왜 우는지 말해줄래?" 안아주면서 물었더니 슬프다고, 헤어지는 게 너무 슬프다고 한다. 자려고 누웠는데도, 동화책 속 다른 이야기를 읽었는데도 알로와 스팟이 이별하는 장면이 또 생각이 났던 것이다. 목을 껴안고 파고드는 나린을 꼭 안고 슬플 땐 울어도 된다고, 오늘 밤엔 알로와 스팟이 다시 만나는 꿈을 꾸자고 달래주었다.

우정. 이별. 슬픔.

나의 아이가 이런 것들 때문에 우는 나이가 되었다.

자기 문제가 아닌 일에도 울게 되는 것. 내 일이 아닌 것에 슬퍼지는 것.

그래서 달래지지도 않는 것. 개입할 수 없는 것.

설명하기 힘든 이상한 기분에 내 가슴의 어딘가 먼 곳이 아팠던 기억

이 오래 남는다.

자기 문제가 아닌 일에도 울게 되는 것.

아마도 우리가 사람으로서 어떤 중요한 계단을 오르거나 문턱을 넘

는 한 순간일 것이다.

내가 타인의 슬픔 때문에 최초로 운 것은 언제였을까.

소설 『앵무새 죽이기』의 표현을 빌자면 그건 '부 아저씨의 현관'에

서보는 일이기도 하다. 미치광이 은둔자일 거란 편견으로 두려워만 했

던 옆집 아저씨는 실은 수줍고 다감한 사람이었고, 자신들의 생명을 구

해준 사람이었다. 아저씨를 바래다준 뒤 현관에서 돌아서는 순간, 주인

공은 깨닫는다.

"나는 여태껏 이 방향에서 우리 동네를 바라본 적이 없었습니다.

(⋯) 래들리 아저씨네 집 현관에 서 있는 것만으로도 충분했습니다."

다행히 우리 뇌 속에는 다른 사람의 고통을 보고 함께 아파할 수 있

는 '통증 매트릭스'가 있다고 한다. 통증을 느낄 때 활성화되는 뇌 구역

들의 연결망으로, 타인이 통증을 느끼는 것을 볼 때도 이 통증 매트릭

스가 활성화된다고 한다. 우리 몸속에 이미 공감의 토대가 마련돼 있다

는 것. 어쩌면 마지막 구원의 가능성.

° 하퍼 리 『앵무새 죽이기』, 김욱동 옮김, 문예출판사 2003, 개정판 열린책들 2015.

슬픔은 노을을 좋아해

저녁 준비를 하다가 헉! 하고 옥상으로 뛰어 올라갔다.

주방 창이 서쪽으로 나 있어 이 시간이면 늘 해 지는 걸 보면서 저녁을 짓거나 설거지를 하는데, 오늘 노을은 작은 창으로 보기에 너무 황홀한 색이었다.

서쪽의 누군가도 오늘 이 노을을 보고 있겠다. 이런 노을을 보면서 노래를 지었겠다.

누군가가 말했다지
슬픔은 노을을 좋아해
하지만 우리들은
아직 기억해, 그 평화

— 장필순 「애월 낙조」 중

울어라 새여

"엄마, 어디야?"

"옥상이야."

"말을 하고 가야지!"

잠깐 친구 집에 간 동안 노을을 보러 올라왔는데 그사이 들어와서는 엄마가 안 보여 전화를 한 거였다. 바로 내려와 보니 눈시울이 붉다.

"말을 하고 가야지!"

목욕을 하다가 또 울먹이더니 눈물이 방울방울. 오늘은 울어야 되는 날이었나보다.

오후엔 집에 온 친구랑 놀면서 아이스크림을 여기저기 흘려 바닥이 끈적끈적, 휴지는 둘둘둘 풀어놓고 침대 커버와 이불은 엉망, 인형들과 베개, 쿠션은 죄 떨어져 있길래 좀 나무랐더니, 친구랑 같이 놀다 그런 건데 자기한테만 뭐라고 한다고 눈물이 고였던 차였다.

온갖 것에 다 울고 싶어지는 날이 있나보다. 한번 울고 싶어진 일 때문에 다른 모든 일이 서럽고 서글프게 느껴지는 거겠지. 씻기고 내보낸 뒤 머리 말리고 있으랬더니 아직도 설움이 복받쳐 더욱 서럽게 우는 소리가 새 나온다. 들어가 달랠까, 잠깐 망설였지만 기다려보기로 한다. 스스로 자신의 감정을 조절하고 처리하고 누그러지기를. 역시나 조금 있다가 문을 열고 나오더니,

"엄마, 나 다 울었어!"

말개진 목소리다.

드라이어로 눈물도 같이 말린 걸까?

스스로 감정을 회복하는 모습이 짠하면서도 대견하다. 그래, 눈물은 수용성이라는 말이 있더라. 슬플 땐 샤워를 하래. 눈물도 물에 녹아 씻겨 나간대. 그렇게 씻어내고도 남은 눈물은 드라이어로 말리면 되지. 그러니 울고 싶을 땐 실컷 울자.

울어라 새여 널라와 시름한 나도 자고 닐어 우니로다.

6월 23일

사려니

"포기할 뻔했지만 결국 포기하지 않았어!"

옆 동네 친구가 된 원석과 1년에 딱 열흘만 개방되는 사려니숲 물찻
오름에 다녀왔다. 사려니숲도 일반에 개방된 지 10년이 못 되지만, 숲
안에 자리한 물찻오름은 생태 보전을 위해 출입을 통제하고 있다. 삼나
무들이 근위병처럼 늘어선 입구부터 가는 내내 길이 너무 예뻐서 걷고
또 걸어도 질리지 않는 사려니 숲길. 6월 사려니 길은 산수국 길, 산딸
나무 꽃길이기도 하다. 어젯밤 내린 비 때문에 찐해진 숲 냄새, 꽃 냄새,
땅 냄새에 숨을 얼마나 들이쉬었던지, 오늘 코를 풀면 초록색이 나올지
도 몰라. 심지어 길을 건너는 노루 가족을 만나는 행운까지 누렸다! 유
네스코가 지정한 제주 생물권 보존 지역이라는 걸 실감한다.

자연휴식년제 덕에 인간의 발길이 닿지 않은 오름이라 얽힌 나무들
을 헤치고 오르는 길이 쉽지만은 않다. 나린은 힘들다고 불평을 하다가
주저앉았다가 입이 댓 발 나왔다가 원망을 하다가 짜증을 내다가 결국
정상을 맛보고야 조금 풀어졌다. 그동안 와보았던 사려니 숲길의 난이
도만 생각하고 나린을 대동한 나 역시 오름의 경사도와 숲의 깊이, 우
거진 나무들을 겪으며 조금 미안해졌다. 여덟 살에겐 힘이 들 만도 하
다. 올라가고 내려오는 길에 나린보다 어린 친구나 또래를 한 명도 만

나지 못했다. 스스로 생각해도 뿌듯했는지 "포기할 뻔했지만 결국 포기하지 않았어!"라고 한다.

사려니는 가장 아름다운 이름을 가진 숲이기도 하다.

'사려니'라는 말은 얼마나 예쁜지. '살어리 살어리랏다' 하는 청산별곡의 첫 구절을 떠올리게도 하고, 사려 깊은 이를 생각게도 하는 어감. '살려니'에서 '리을 탈락'이 일어난 것은 아닐까. 살려니 사람아, 사려 깊은 숲에 들자. 어원을 찾아보기 전에는 생각이 이렇게 저렇게 뻗어갔다.

우선, '실 따위를 흩어지지 않게 동그랗게 포개어 감다'란 의미의 제주어인 '스려니'로 본다고 한다.

다음은 '살안이'나 '솔안이'에서 온 말이라는 설. '살' 또는 '솔'이 제주말로 신성하다는 뜻인데, 여기에 '안(內)'이 합성돼 '살 안'이라는 말에서 유래했다고 추정한다는 것이다. 나는 이쪽이 더 마음에 든다. 그러니까 사려니는 신성한 곳, 신령스러운 숲이란 뜻. 사려니숲의 품에 깊이 들었다 나온 이라면 누구라도 이 어원을 편애하게 될 것이다.

어서 와, 벤자리는 처음이지?

"인자 요놈이 제철이야."

고성 장날. 동인어물 아주머니가 오늘은 벤자리라는 생선을 권한다. 6월부터가 산란기라 살이 연하고 고소하다는 말씀. 여름에는 자리, 붉바리, 다금바리, 객주리(쥐치), 벤자리 등 '리' 자로 끝나는 생선이 가장 맛있다고 한다.

벤자리. 처음 들어보는 이름이다. 제주도나 남해 몇몇 먼 섬에서만 잡히는 물고기라니 그럴 만도 하다. 흔치 않다 보니 제주에선 사위가 오면 대접하는 귀한 물고기라고도 한다. 머리와 지느러미에 연둣빛이 도는 예쁜 아이다. 영어 이름은 'Grunt'. 무리를 지을 때나, 잡히면 민어과 물고기처럼 부레로 구— 구— 소리를 낸다고 붙여진 이름이란다. 벤자리 한 마리에 한치도 만 원어치. 아주머니는 작은 놈 몇 마리를 덤으로 넣어주신다. 입구 과일 가게에서 토마토를 오천 원어치 샀다. 광주에서 내려오신 두 내외가 주인이다. 참외 하나를 얹어주신다.

돌아오는 길, 공터에서 개망초 몇 대 끊어다 꽂았다. 토마토를 썰어 꿀에 재웠다. 어제 사려니숲 길가에서 산 때죽나무 꽃꿀이다. 벤자리를 넣고 미역국을 끓였다. 며칠이 든든하다.

나린이 잠든 뒤, 한치통찜을 했다. 한치구이나 물회, 초무침만 먹어봤지 통찜은 처음이다. 그런데 세상에! 제주 속담에 '한치가 쌀밥이면 오징어는 보리밥이고, 한치가 인절미라면 오징어는 개떡이다.'라는 말이 있다던데, 네네, 한치 맛있는 거 이제 내가 아주 잘 알겠고요. 한 치 앞도 알 수 없는 인생 별거 있나요. 제주 막걸리 한 병에 한치 한 마리. 가끔 제철 맛난 거 먹고 '아, 맛있다. 으, 취한다.' 그러면서 한 철씩 지나 보는 거지. 창밖으로 내다보이는 유월 성산 바다. 한치잡이 배 불빛은 예쁘기도 하지.

6월 25일

새를 묻다

계단참에 무언가 손바닥만 한 것이 떨어져 있다. 새다. 조심히 다가가 가까이 본다. 제비다. 지난봄 옥상 처마에서 태어난 아이들 중 하나일까. 살짝 건드려보았다. 움직임이 없다. 어떻게 여기에 떨어져 죽어 있는지 모르겠다. 어딘가 열어둔 데로 들어왔다가 나가려다 창에 부딪힌 걸까. 어떡할까 하다 들어가 삽과 담을 것을 가져왔다. 비닐장갑을 끼는데 나린이 자기가 하고 싶다고 한다. 들어올리는 몸짓이 낯설도록 조심스럽다. "가벼워." 새가 자고 있기라도 한 듯, 그런 새를 깨울까봐 속삭이듯 나린은 작게 말한다.

마당 구석 후박나무 아래에 작은 구덩이를 팠다. 새를 누이고, 파낸 흙을 덮었다. 나린은 다 제가 하겠다고 한다. 나무젓가락을 가져다 작은 십자가를 만들어주었다.

이제 새는 나무가 될 거야. 새로 돋는 잎새가 될 거야. 새를 묻은 나무에 새가 날아와 그 잎사귀와 속삭이게 될 거야. 사귀게 될 거야.

" 이제 새는 나무가 될 거야. 새로 돋는 잎새가 될 거야.

빗소리, 비 냄새

침묵을 가르는 최초의 타건.

구름을 떠나온 첫 음이 지상에 도착한다. 빗방울이 마른 땅을 두드려 댄다. 여름비는 대지와 공중에 울려 퍼지는 피아노 소나타이다.

비 냄새가 자욱이 올라온다.

건조한 날들 뒤에 오는 비, 거기서 나는 특유의 냄새. 먼지 냄새 같기도 하고 흙냄새 같기도 하고 이끼 낀 바위 냄새 같기도 한 그 독특한 냄새에 과학자들은 '페트리커'(petrichor)라는 이름을 붙였다고 한다. 그리스어로 '바위'(petros), 그리고 '신의 혈관 속을 흐르는 액체'(ichor)라는 말을 합친 단어이다.

액체와 고체, 하늘과 땅이 만나고 엉키고 섞이면서 나는 냄새. 그 냄새는 잠들었던 어떤 기억들을 불러일으키기도 한다. 비에 젖은 것들이 색깔과 무늬가 선명해지는 것처럼.

"음악은 비가 내리지 않을 경우에 대처하기 위해 발명되었다."°

마르탱 파주의 말처럼 빗소리는 그 자체로 음악이다.

그 빗소리를 홑이불처럼 덮고 잠들어보기도 하는 여름. 그 빗속에 도라지꽃이 피고 백일 동안 붉기로 작정한 여름 꽃들도 피어난다. 먼 산

마을엔 개울물이 불어서 소녀를 업고 징검다리를 건너는 소년이 있을 지도 모르겠다.

장마가, 시작되었다.

˚ 마르탱 파주『비는 우리가 사랑에 빠지는 것처럼 내린다』, 이상해 옮김, 열림원 2008.

휘파람

"어, 난다!"

엄마의 휘파람이 신기했던지 어느 날엔가 어떻게 부는지 가르쳐달
라고 한 나린.

"입술을 똥꼬처럼 오므리고 가슴이 뽈록하게 바람을 빨아들여. 그리
고 그 바람을 천천히 다시 뱉어봐."

그날부터 틈만 나면 연습하더니 드디어 소리를 내는 데 성공. 한번
내기 시작하니까 신이 나서 더 자주 입술을 모은다. 이제는 제법 능숙
해서 멜로디를 싣기도 한다. 마당에서부터 들린다. 학교에 갈 때도, 돌
아올 때도. 휘파람 소리로 아이가 가까이 있음을 알아차린다. 휘파람
소리를 들으면 괜히 기분이 좋아지고 안심이 된다. 너의 기분이 나쁘지
않다는 뜻이니까. 가까운 거리에 있다는 신호니까. 그건 집 어딘가에서
들리던 내 엄마의 허밍 소리와 같은 것.

휘파람을 연습하는 건 네 속에 새를 기르는 일.

기분이 가라앉을 때는 휘파람을 불어.

새처럼, 새의 뼈처럼 가벼워지는 일.

휘파람은 네 몸이 악기가 되어 네가 너를 위로하는 방식.

슬플 때는 석류꽃처럼 입술을 모으고 휘파람을 불어.

물질하는 좀녀들도 휘파람을 불지. 깊은 바다에서 해산물을 캐다가 숨이 턱까지 차오르면 물 밖으로 나오면서 '휘―' 가쁘게 내쉬는 '숨비소리'. 사는 일에 숨이 찰 때도 한번씩 휘파람을 불렴. 그렇게 노래로 숨을 비우고 다시 내려가보는 거야. 삶의 심연으로. 생활의 터전으로. 생의 중심으로.

나린의 방에서 들리는 휘파람 소리를 들으며 나는 휘파람으로 노래를 불렀다. "제가 보고 싶을 땐 두 눈을 꼭 감고 나지막이 소리 내어 휘파람을 부세요. 외롭다고 느끼실 땐 두 눈을 꼭 감고 나지막이 소리 내어 휘파람을 부세요……."

그 소리를 듣고 나린이 나온다.

"엄마, 나랑 휘파람 대결할까?"

오늘은 오늘

"그건 어제고. 오늘은 오늘이지!"

학교에서 오자마자 예림이랑 재미나게 논 얘기를 쫑알쫑알 늘어놓길래 "어젠 예림이랑 싸웠다며. 이제 예림이랑 안 놀 거라더니!" 놀리듯 말했더니 하는 대답.

맞아. 어제 싸웠다고 오늘까지 삐치고, 내일까지 꽁하고, 평생 척지고 그러는 건 어른들의 못나고 못된 마음. 영화 「우리들」에 나온 대사 "그럼 언제 놀아."가 생각났다.

누나인 선은, 친구 윤호에게 만날 맞고 들어오는 동생 윤에게 윤호와 놀지 말라고 한다. 같이 때리라고. 그러자 윤이 한 대답이 걸작이다.

"그럼 언제 놀아. 윤호가 때리고, 내가 때리고, 윤호가 또 때리고……. 난 그저 놀고 싶은데 그러면 놀 수가 없잖아."

그건 영화 속에서 갈등해오던 선과 보라의 관계를 단번에 정리하는 말이기도 하다.

그러게. 그럼 언제 살아.

우리 부부는 벌써 사흘째. 냉전이다.

태풍이 지나가고

"내가 비의 신이다!"

어마어마한 비바람을 뚫고 집에 온 스스로가 대견했던지 현관에서 비옷을 벗으며 그런다.

"어떻게 알았어? 이번 태풍 이름이 '비의 신'이거든."

태국 말로 '비의 신'이란 뜻을 가진 7호 태풍 '쁘라삐룬'. 제주에 와서 제대로 맞는 첫 태풍이기에 잔뜩 긴장을 하고 있었다. 간밤의 바람이 어쩌나 거센지 도통 잠을 이룰 수가 없었다.

비바람 속, 한 뼘도 안 되는 처마 아래, 불어치는 바람에 눈을 감고, 쇠 봉을 꽉 움켜쥐고 있던 새의 발이 자꾸 떠오른다.

신의 선심일까. 비의 신은 다행히 동쪽으로 경로를 틀면서 큰 피해를 남기지 않았다. 신의 선물일까. 태풍이 오기 전이나 지나간 후의 노을은 왜 그토록 아름다운지. 초현실적인 빛깔의 구름들 앞에서 넋을 잃고 말을 잃어 어둡도록 우리는 옥상에서 내려오지 못했다.

태풍이 지나간 자리의 황홀한 노을.

사람의 일도 이와 같기를…….

저토록 다채롭게 색을 바꾸는 저녁.

여름 저녁 7시 40분과 8시 사이의 마법. 차원의 틈.

그 틈에서 새어 나와 지상에 번져가는 시간의 색.

그러나 황홀은 잠깐, 밤은 길다.

첫 번째 상장

"소외된 이웃의 삶을 돌아보고 세계시민으로서 올바른……."

아이가 처음 받은 상장에 이런 문구가 있어 기쁘다. 넉 달이나 지나 까맣게 잊고 있었는데 학기 초에 했던 굿네이버스의 희망 편지 쓰기 대회에서 나린이 상을 받았다는 것이다.

'이거 잘 쓰면 사이먼이 사는 아프리카 우간다에 갈 수도 있대.'

그때는 쓰기 싫어하는 나린을 그렇게 꼬셨더랬다. 아프리카에는 못 가지만 덕분에 나린은 아프리카라는 먼 곳에 있는 한 친구를 상상할 수 있게 되었다.

이 편지 쓰기 대회에 참가한 일을 계기로 나린은 후원을 시작했다. 매달 소식지가 '김나린 님' 앞으로 날아온다.

지구 어딘가의 친구와 내가 가진 것을 나눈다는 것. 나린은 흔쾌히 참여하겠다고 했었다. 부디 이웃들의 삶의 모습을 돌아보는 세계시민의 감수성을 갖고 살아가길!

살다 살다

"살다 살다 이렇게 더운 건 처음이다. (…) 이렇게 더운데 왜 인생이 나한테 사과를 안 할까?"

나린이 일기에 이렇게 썼다.

그러게. 엄마도 아직 인생한테 사과를 받아본 적이 없네. 정말이지 나야말로 살다 살다 이런 더위는 처음이다. 기록적이었다는 94년 더위도 이 정도는 아니었던 것 같다. 신영복 선생이 『감옥으로부터의 사색』에 쓰셨던 이 이야기가 그 어느 때보다 실감 나는 요즘이다.

"없는 사람이 살기는 겨울보다 여름이 낫다고 하지만 교도소의 우리들은 없이 살기는 더합니다만 차라리 겨울을 택합니다. 왜냐하면 여름 징역의 열 가지 스무 가지 장점을 일시에 무색게 해버리는 결정적인 사실— 여름 징역은 자기의 바로 옆 사람을 증오하게 한다는 사실 때문입니다."°

겨울철에는 옆 사람 체온이 추위를 이기는 데 도움이 되지만, 여름엔 사람이 열덩어리로밖에 안 느껴지고 내게 아무런 행동을 하지 않아도 사람 자체를 미워하게 된다는 얘기.

"날씨만큼 이데올로기적인 것은 없다."°

롤랑 바르트의 이 말 또한 와닿는 여름이다. 우리의 기분과 생각에서부터 생활과 경제까지, 날씨는 전방위적으로 영향을 미치니까.

신영복 선생이 말씀하셨던 '감옥과 수인'이라는 조건 역시 약자가 약자를 혐오하게 만드는 구조로 생각해볼 수도 있지 않을까. 더구나 가혹한 날씨는 취약 계층에겐 더 위험한 조건이 되고 있다. 롤랑 바르트를 인용하자면, 이제 날씨만큼 계급적인 것은 없다.

날씨조차도 불평등의 계급적 기제가 되어가는 이 구조를 어떻게 바꿀까. 결국 복지밖에 없지 않은가. 하지만 이런 논의들도 선선한 바람 한 줄만 불면 금세 식어버리겠지. 당장은 택배 기사님께 얼음물이라도 준비해드릴밖에.

˚ 신영복 『감옥으로부터의 사색』, 햇빛출판사 1990, 개정3판 돌베개 2018.
˚ 알랭 코르뱅 외 『날씨의 맛』, 길혜연 옮김, 책세상 2016.

아픈 유물

놋쇠 숟가락과 우편엽서, 궤와 옷, 재봉틀과 이불…….

사물들의 말을 듣고 있다. 4·3 유품 작업은 제주 4·3사건의 진실을 외국인들에게 좀 더 자세하고 종합적으로 알리기 위해 만드는 영문 자료집의 일환이다.

기존에 4·3을 알리는 일이 유족들의 증언이나 학술적 연구, 문학적, 예술적 재조명으로 이루어졌다면 이번 작업은 사물의 증언을 통해 4·3에 접근하는 기획이다. 유족들이 지니고 있는 유품들을 통해 4·3에 대해 이야기하는 프로젝트. 사물들이 지켜봐온 비극적 장면들, 품고 있는 응어리진 사연과 이야기 들.

제주에서 활동하는 제주 출신 고현주 작가의 제안으로 참여하게 되었다. 언니와는 10년 인연. 언니가 유품 사진을 찍고, 나는 유족의 인터뷰를 정리해 사진 옆에 짧은 시적 코멘터리를 다는 작업이다. 유족들의 인터뷰는 하나하나 기가 막히고 생생해서 나는 상상으로만 그 기억을 만나면서도 시시로 울컥하게 된다.

내란죄라는 누명을 쓰고 끌려간 형님이 형무소에서 보내온 엽서. 죽은 형제들의 생일과 기일을 적어둔 궤. 결혼 때 해 입은 잔꽃무늬 한복. 남편이 붙잡혀 간 후 대전 형무소에서 죽었다는 소식을 듣기까지 30년 간 하루 세끼 밥을 지어 벽장에 올릴 때 함께 놓아둔 숟가락. 남편을 잃고 홀로된 후 생계를 잇게 해준 재봉틀……

어느 하나 절절하지 않은 사물이 없었지만 그중에서 나를 가장 울게 만든 것은 한 유족의 그림들이었다. 10년 전 어느 날부터 갑자기 토하듯 그림을 그리기 시작했다는 분. 그림으로 비로소 그해의 기억을 꺼내게 된 분. 그분의 녹취를 듣고, 그분이 그린 그림을 보며 기어이 크게 울고 말았다. "엊그제 떠난 아버지 소식을 들을 길 없다."로 시작되는 '통한의 밤' 연작. 그날의 트라우마를 그림과 글로 풀어냈다. 그림 속에 그 통한의 밤이, 아니, 이 나라 한 세기 역사가 들어 있다. 그리고 이제 다시 이 세상 같은 것, 모진 시간 다 잊고 싶다는 듯 사람의 말을 잃고 기억을 지워가는 어르신. 지금은 병상에서 '아멘'만을 되풀이한다는 이야기. 60년 가슴에 품고 있던 이 '이야기'야말로 가장 아픈 유물일 것이다.

그로부터 몇 달 뒤 그분이 결국 세상을 떠나셨다는 소식을 전해 들었다. 부디 이곳에서의 기억들 다 버리고, 영원한 안식을 누리시기를 간절한 마음으로 빌었다.

"부디 이곳에서의 기억들 다 버리고, 영원한 안식을 누리시기를.

힘 빼기

"엄마, 나 떴어!"

나린이 흥분했다.

나린은 겁이 많다. 물에서 노는 걸 좋아하면서도 꼭 구명조끼와 튜브를 챙기고, 물안경을 쓰고도 물속으로 머리를 집어넣지 못한다. 두려움을 극복해야 진짜 뜰 수 있을 텐데.

그런데 극복이라는 게 맞는 걸까. 두려움이 극복 가능한 감정일까. 인생은 언제나 초행이고, 어떤 물굽이를 숨기고 있는지 알 수 없는 두려움과 마주하는 일의 연속인데, 그때마다 그걸 극복하고 사는 일이 가능할까. 차라리 두려움을 껴안는 게 낫지 않나. 내가 두려워하고 있구나,를 받아들이고, 두렵지만 해보자, 하고 물에 발을 담가보는 일.

처음 수영장에 등록했던 때가 생각난다. 나 역시 겁이 많은 데다 어렸을 때 물에 대한 공포를 겪었던 기억 때문에 수영이 무서웠다. 여름 어느 날 용소 계곡에서 놀 때였다. 짓궂은 동네 오빠 하나가 물속에서 몰래 다리를 잡아당겼다. 짧은 순간이었지만, 죽음에 대한 실제적 공포를 맛보기엔 너무 긴 시간. 그 뒤 물놀이 자체를 좋아하지 않게 되었다. 게다가 산골의 깊은 물은 산 빛을 담아 특유의 무서운 푸른색을 띤다. 귀신처럼 푸르다. 바닷가에 가더라도 무릎까지만 적시는 정도. 더 멀리 나아가지 못했다.

한데 무슨 생각에서였을까. 20대 후반, 배워야겠다 결심하고 바로 동네 수영장에 등록했다. 키판을 잡고도, 발이 바닥에 닿는 얕은 레인인데도, 물속에 얼굴을 집어넣지 못했다. 강사는 힘 빼!라는 말을 거푸했지만, 나는 힘 빡! 주고 어푸 했다. 난 뺐다고요, 힘! 음, 파, 음, 파, 그렇게 몇 번의 수강을 허탕 치듯 보내고 어느 순간 오늘의 나린처럼 외쳤다. 어, 떴다!

그제야 내가 온몸에 힘을 잔뜩 주고 있었다는 것을 깨달았다. 강사가 그토록 되풀이한 힘 빼라는 말의 의미를 몸으로 알아들었다. 힘을 빼봐야 힘이 들어갔었다는 걸 안다. 힘을 빼자 내 몸 전체가 하나의 부레가 된 것 같았다. 물에 떠서 수영장 유리 천장 너머의 구름을 보게 됐을 때의 희열이란! 힘을 뺀 그 감각을 잊지 않으려고 했다. 물속에 잠수해 들어가 있는 상태가 너무너무 좋았다. 마음이 좋지 않은 날이면 바닥으로 내려가 숨을 참을 수 있는 만큼 오래 무릎을 껴안고 앉아 있었다. 물속에 잠기는 순간, 물은 세상을 차단해준다. 세상의 소리와 소음 들이 물속에서는 부드럽게 뭉그러져 들린다. 영화 「세 가지 색: 블루」에서 가장 소중한 두 존재를 사고로 잃은 뒤, 주인공이 매일 수영장을 찾는 이유를 알 것 같았다. 영법 같은 건 잊고 그저 물속에서 팔다리를 부드럽게 휘저으며 돌고, 수달처럼 돌고래처럼 물과 놀고 나면 조금 나아졌다.

힘 빼는 것이 시작이다. 모든 것이다.

여름 저녁

노을과 구름과 바람과 나무와
하늘과 여름과 사람과 저녁이
가장 아름답게 만나던 찰나

여름 저녁의 이 한순간이
어린 소녀들의 가슴속에
어떻게 남게 될까

아마추어

제주 국제 관악제가 시작되었다. 해마다 이맘때 제주에서 열리는 관악 축제이다.

나경 엄마 지현 씨가 지역 오케스트라에 플루티스트로 참여하는 공연이 두모악에서 열린다 해서 가보았다. 그저 이웃 된 자로서 격려차 찾은 자리였다. 그런데 그런 내심은 등장부터 이내 무색해지고 그런 생각을 품었던 일이 무안해졌다. 일단 규모가 정말 오케스트라급인 데다 연주도 생각보다 수준급이었기 때문이다.

단장님의 소개에 따르면 이 오케스트라는 3년 전, 지역 무료 강습에 참여한 색소폰 연주자 네댓 명의 동호회로 시작됐다고 한다. 그러다 하나둘 인원이 늘고 다른 악기들이 가세하고, 마침내 올해는 국내 최초 농어촌 윈드 오케스트라로 성장해 단원도 60여 명에 이른다고 한다. 표선을 중심으로 남원과 성산에서 모여든 주민들이다. 초등학생부터 70대 어르신까지, 귤을 기르는 농부부터 주부 등 연령대도 직업도 다양하다. 오늘도 귤밭 작업을 하다가 늦으신 분이 있다는 말에 역시 귤 농사, 무 농사 짓는 관객들의 웃음이 터진다.

이들은 모두 본업을 따로 가지고 음악을 취미로 하는 아마추어 오케스트라 단원이지만 아마추어란 게 뭔가. 아마추어란 단어는 프랑스어 '아마퇴르'(amateur)에서 유래했다. 그 말은 라틴어로 '사랑하다'라는 뜻인 '아마토르'(amator)에서 왔다. 그러니까 이것으로 이익을 얻거나 명예를 얻으려는 목적 때문이 아니라 순수하게 사랑해서 하는 사람이 아마추어이기도 하다. 앞으로 여기 사는 동안 나는 이 아마추어 오케스트라의 여름 저녁 공연을 응원하러 시간을 낼 것이다. 치자꽃 향기가 선율에 섞여 드는 이곳 김영갑 갤러리 마당이라면 더욱 좋으리라.

클래식 공연인 데다 더운 날씨라 지루해할 줄 알았는데 나린도 집중해서 연주를 감상한다. 그러더니 꿈이 또 하나 생겼단다. 바로 표선 윈드 오케스트라의 플루티스트. 이웃집 이모가 무대에서 진지하게 공연하는 모습을 보고 동기부여가 된 모양이다. 그, 그런데 나린아. 지금 네 플루트 실력으로 입단이 될까? 안 되면 휘슬러로라도 받아달라고 졸라 보자. 넌 휘파람 신동이니까!

이 아마추어 오케스트라는 훗날,이 아니라 불과 20일 뒤 제43회 대한민국 관악 경연대회 일반부 최우수상을 차지하게 된다.

내 고장 8월은

내 고장 팔월은
풋귤이 영그는 계절
한치 등이 열리는 계절
동백 씨앗 붉어지는 계절
은빛 갈치 굵어지는 계절
그리고 촌아이들의 다리가 익는 계절

연일 이어진 물놀이에 나린의 다리에는 수영복 길이만큼 선명하게
금이 생겼다. 꼭 장화를 신은 것처럼 보인다. 며칠 뒤 방과후 선생님이
"나린이 스타킹 멋지다!"라고 칭찬해주셨다.
이런 스타킹 정도는 신어줘야 제주 어린이라 할 수 있지 않겠어?

왜지?

세상에! 소리가 절로 나왔다. 항공사진으로 찍은 베어진 붉은 자리가 내 몸에 생긴 찰과상처럼 쓰렸다.

대천에서 송당으로 오는 길, 비자림로의 삼나무들이 베어진 소식을 인터넷 뉴스를 통해 알게 되었다. 저 길을 얼마나 좋아했던가. 공항엘 가거나 시내를 나갈 때 꼭 통과하는 길이기 때문에 한두 번 지나쳐간 길도 아닌데 꼭 사진을 찍게 된다.

일부에서는 박정희 시대에 강제 조림된 것이다, 삼나무 꽃가루가 호흡기에 좋지 않다, 2차선이라 교통 체증이 생기고 사고 위험이 높다는 등의 이유로 도로 확장과 벌목을 찬성한다. 그러나 그런 문제라면 충분히 다른 대안이 있다. 간벌을 할 수도 있고, 도로 양편을 약간씩만 확장하고 보수하는 정도로도 충분하다.

단지 저 숲길이 예쁘기 때문에 육지 것의 단순한 감상주의로 반대하는 거라고 한다면 나도 할 말이 없겠다. (아니지, 할 말 있다. 설사 그렇대도 아름다운 것을 단지 아름답기 때문에 지키자는 것이 왜 그토록 지탄받을 일인가.)

반대하는 더 큰 이유는 저 길을 닦는 것이 제2공항을 위한 사전 정지 작업일 거란 의혹 때문이다. 비자림로는 제주 공항과 시내, 그리고 제2공항 부지를 연결하는 도로이다. 군사 공항이 될 거라는 의심을 받는 제2공항이 주민들과의 합의 없이 강행되고 있는 마당에 저렇게 갑자기 길부터 닦아버리니 의혹의 냄새를 더 짙게 한다.

　몇몇 활동가들이 베어진 자리에 가서 평화 시위를 하고 있다는 소식을 듣고, 지역민으로서 가만있을 수만은 없었나. 나린에게 SNS상의 #우리가사랑한숲이에요 캠페인을 보여준 뒤 스케치북을 챙겼다.

　냄새가 신음처럼 들렸다. 베어진 나무들이 내뿜는 삼나무 특유의 냄새가 오늘은 싱그럽게만 느껴지지 않는다. 서 있어야 할 것들이 쓰러져 널브러져 있었다. 그림을 그리려 엎드린 나린의 모습이 꼭 베어진 나무에 절을 하는 것처럼 보인다. 활동가들이 잘린 삼나무 가지와 흰 천, 손 그림 등으로 꾸며놓은 그루터기가 제단처럼 보인다. 엎드릴 일이다. 나무에게 엎드려 사죄해야 할 일이다.

　나린이 그린 숲이란 글자가 숨처럼 보인다.
　숲은 숨이다.
　숲은 쉼이다.
　사람에게 지치면 숲에 간다.
　숲에 가면 숨쉬어졌다.
　살아졌다.
　숲은 삶이다.
　숲은 살림(林)이다.

　엄마가 되고 난 뒤 달라진 것 중 하나는 '다음'과 '내일'을 더 생각한다는 것이다. 나린이 살게 될 내일의 세상. 이렇게 총체적으로 골고루 망해가는 나라와 지구를 물려준다는 건 얼마나 무책임한가. 텀블러를 쓰고, 일회용 쓰레기를 줄이고, 더 적극적으로 투표한다. 만약 제2공항이 건설되어도 제주에 계속 살고 싶을까. 적어도 이 동쪽의 조용한 마을에는 더 이상 살 수 없다. 나린은 제주에서 가장 아름다운 학교에 다닐 수 없을 것이다. 이 제주 동쪽 마을은 지구의 축소판이다. 아이들이 살게 될 세상. 그것이 기준이 되면 구호는 실천으로 이어진다. 정신을 차리지 않으면 정신을 차리고 사는 일은 너무 어렵기 때문에 항상 정신 차려야 한다.

비자림로 확장에 반대하는 여론이 높아지면서 원희룡 지사는 공사를 잠정 중단한다고 발표했다. 그러나 제스처에 지나지 않을 것이란 의심을 거둘 수 없다. 무엇을 할 수 있을까. 만약 확장을 위한 벌목을 재강행한다면 '칩코 안돌라'에서 영감을 얻을 수 있을지 모르겠다.

1973년 인도 북부 산간 마을의 여성들이 숲을 지키기 위해 벌인 비폭력 시위. 테니스 회사가 라켓 제조를 위해 나무를 베어 가려 하자 여성들은 나무를 하나씩 껴안고 버텼다. 나무를 베려거든 나를 베라는 의미였다. 마을 여성들은 이 칩코 운동으로 2451그루의 전나무를 지켰다. '칩코'는 나무, '안돌라'는 껴안는다는 뜻이다. 우리의 칩코 안돌라는 어떤 식으로 할 수 있을까. 나린은 일기를 썼다.

　8월 12일: 왜지?
숲에 갔다. 사람들이 나무를 베었다. 그런데 왜 나무를 베었을까? 나무를

베면 안에서 황금이 나오는 걸까? 아기가 나오는 걸까? 은덩이가 나오는 걸
까?

바다 앞에 선 사람

양수가 찰랑이던 소리가 혹시 파도 소리 같았을까?
너는 말이 없고, 바다는 끊임없이 무슨 말인가를 하는 것도 같다.
그 말을 알아들으려고 귀를 기울이고 있는 걸까.
무슨 생각을 하고 있는 걸까, 너는.
파도가 시작되는 그 먼 데를 상상하는 걸까.

바다 앞에 너는 서 있다. 말없이 오래 바라보고 서 있다.
그 모습은 내게 말할 수 없는 감정들을 불러일으킨다.
그건 몹시 슬프고도 애틋하고, 또 어떤 침해할 수 없는 위엄마저 서
려 있는 것이어서 나는 그저 뒤에서 말없이 바다를 바라보는 너를 바라
볼 뿐.

끝이 없는 것들을 생각한다.
끝없이 태어나고 밀려오고 스며들고 사라지는 것.
그러나 또다시 일어서서 밀고 오는 것.
끝없이 덧없고 영원히 아름다운 것.
파도는 하루에 70만 번 뭍을 향해서 온다고 한다.
생애를 걸쳐 너는 몇 번이나 철썩이게 될까.

삶이겠지.

세계 앞에 마주 선다는 것.

끝없이 밀려오는 파도 앞에 홀로 선다는 것.

그리고 엄마가 할 수 있는 일이란 그저 이렇게 너의 뒷모습을 바라봐
주는 것.

오늘도 나린은 바다 앞에 서 있다. 밀물 때여서 물은 점점 발등을, 발
목을, 종아리를 덮어온다. 그 영화가 떠오른다.

20여 년 함께 산 남편이 갑자기 애인이 있다며 떠나버린다. 엄마는 요
양원에서 세상을 떠나고, 성인이 된 아이들도 품을 떠난다. 출판사로부
터는 저자로서의 권리를 박탈당하고, 아끼는 제자와도 생각 차이로 거
리감을 느끼게 된다. 모든 것이 그녀를 떠난다. 그녀로부터 멀어진다.
영화 「다가오는 것들」의 주인공 나탈리의 이야기다.

제목은 '다가오는 것들'이지만 실상은 '떠나는 것들'이다. 그러니까
'다가오는 것들'이란 상실과 이별 같은 것들이다. 영화의 원제는 '미래'
였다. 하지만 미래는 장밋빛 두근거림을 담은 말이 아니다. 중년 이후
의 미래란 사실 얼마나 많은 상실로 가득한가.

그것들은 묘지로 밀려오는 바닷물처럼 다가온다. 너를 삼킬 듯이.

너의 삶에서, 너에게 다가오는 것들은 어떤 것들일까. 어떻게 그것들
을 살아내게 될까.

나탈리는 누구의 어깨에도 기대지 않은 채 내면의 힘으로 자신을 지

켜낸다. 이 영화의 포스터엔 이자벨 위페르의 뒷모습이 담겨 있다. 오늘의 너처럼.

그녀는 언덕에 서서, 자기 앞에 펼쳐진 대자연, 첩첩의 산들을 바라보고 있다. 그녀는 작지만, 이렇게 말하는 것도 같다.

"다가오라, 삶이여!"°

오늘도 너는 바다 앞에 서 있다.

° 제임스 조이스 『젊은 예술가의 초상』, 이상옥 옮김, 민음사 2001.

8월의 크리스마스

"아저씨, 저 여기서 좀 쉬었다 가도 돼요?

(…)

더운 건 이제 아주 지겨워.

아저씨, 사자자리죠.

생일이 8월 아니에요?"

『8월의 크리스마스』의 다림처럼 책방 무사에 들러 중고 선풍기 앞에 잠깐 앉았다 가는 오후.

정말이지 더운 건 이제 아주 지겹다.

그리고 아저씨는 전갈자리다.

아저씨는 종수 씨다.

바다와 소녀

ⓒ허주호

작가의 장벽

소설가 이제하 선생님이 이웃이 되셨다. 성산에 작업실을 꾸몄다며 봄부터 한번 오라시는 걸 엇갈리다가 오늘에야 가게 되었다.

나린 또래가 있다며 전화를 거신다. 우리 집에서 멀지 않은 곳에 사는 율이라는 친구다. 동갑내기 둘은 이내 친해진다. 다양한 화구들 앞에서 나린이 그림을 그려보고 싶다고 한다. 두 아이는 스케치북 앞에 나란히 앉는다. 율이가 먼저 슥슥 그린다. 나린은 선뜻 붓을 대지 못한다. 무엇을 그릴까, 어떻게 그릴까, 율이라는 친구보다 잘 그리고 싶다, 처음 보는 사람들 앞에서 멋진 걸 보여주고 싶다, 실수하고 싶지 않다. 그런 생각이 보인다. 율이는 선이 거침없고 자유롭다. 벌써 스케치북을 채워간다. 나린은 꼼꼼하고 세밀하게 나뭇잎과 수박을 그린다. 구상이 완벽해야 시작을 하는 성격은 나를 좀 닮은 것 같다. 내가 스스로 못마땅해하는 부분이다. 틀리면 다시 그려도 된다. 찢어버리면 된다. 파지를 두려워해선 안 된다. 그걸 익히기까지 10년 넘는 시간이 걸렸다. 지금도 물론 연습 중이다.

'작가의 장벽'(Writer's Block)이란 말이 있다. 마음속에 어떤 장벽이 생겨서 단 한 줄도 쓰지 못하는 상황. 그 '장벽'이란 건 대체로 좋은 글, 감동적인 글을 써야 한다는 '강박'이라고 한다.

그런데 이걸 극복하는 방법은, 의외로 간단하다고 한다. 그냥 아무거나 쓰는 거다. 말이 되건 말건 무조건 자판을 두드리다 보면 나중엔 정말 말하고 싶은 걸 쓰게 된다는 이야기.

일단, 그냥, 아무거나 한 문장을 써 보는 것. 우리가 읽어온 저 위대한 명작들, 그중에서 많은 작품은 어쩌면 이런 시시한 시작에서 비롯한 것일지도 모른다.

작가들만 그럴까. 누구나 가끔 이런 장벽에 부딪힐 때가 있다. 너무 잘하려고 할 때, 너무 진지할 때, 너무 작정할 때.

나린의 장벽이 보인다. 그냥 아무거나 막, 그걸 좀 더 같이해보자.

시 같은 말

"세상에 없는 계절 같아."

저녁을 먹고 산책 삼아 학교 운동장으로 가는 길이었다.

그 사납던 더위도 밤이 되니 누그러지고 그 사이로 엷은 바람마저 분다. 가을이 잠복해 있는 여름의 밤공기를, 환절의 기미를 느낀 아이의 표현이다.

그래, 처서 무렵의 바람에는 무언가가 있지. 마음 저 깊은 곳에 잠들어 있던 생의 감각을 깨우는 성분 같은 것.

여기서는 봄 여름 가을 겨울의 단순한 구획 안에 포섭되지 않는 계절의 느낌, 공기의 질감을 섬세하게 감각하며 살기를 바라.

"바람이 딱밤을 때리고 가네!"

세상에 없는 계절 운운에다가 딱밤 얘기가 재미있다고, 시적이라고 칭찬을 해주었더니 일기 쓸 거리가 넘쳐나서 고민이란다. 그러면서 또 한마디 잊지 않으시길.

"아, 나는 왜 시 같은 말을 많이 해서 날 힘들게 하지?"

오름의 여왕

한라산이 제주를 만든 아버지라면 제주를 키운 어머니는 368개의 오름이라고 한다지. 마을이 형성된 생활의 근거지이자, 수난기에는 봉홧불이 오르던 항쟁의 근거지였다. 대학 친구 호영이 휴가차 내려와 함께 오름에 올랐다. '오름의 여왕'이라고 불리는 다랑쉬오름에 갔다. 동쪽 오름 중 가장 높아 맑은 날엔 일본과 남해의 섬까지 보인다. 굼부리에 올라 검은 크레파스로 그려놓은 듯 선명한 현무암으로 구획된 다채로운 색의 밭들과 빛에 따라 색을 바꾸는 바다, 그 아름다움을 보는 것만으로도 오름에 오르는 것은 즐겁다.

등산보다는 덜 숨차고, 산책보다는 가쁜 오름의 속도. 처음 제주에 와서 '오름'이란 것에 대해 알게 됐을 때, 참 재미있는 말이라고 생각했다. '오르다'라는 동사가 명사형 어미와 결합된 말. 명사의 형태를 띠고 있는 동사. 멈춤 속의 움직임.

제법 가파른 숲길을 올라 정상부에 섰을 때 바람은 얼마나 상쾌한지, 그 바람에 미친년 치맛자락처럼 마구 헝클어지는 머리칼을 느끼는 기분이 얼마나 째지게 좋은지, 제주에 오시거들랑 모두 한번씩 이 '오름 가즘'을 체험해볼 일이다.

곶자왈

여름 오후인데도 초저녁처럼 어둑하고 서늘하다. 그래서 선흘인가. (선흘의 '흘'은 '깊은 숲'이라는 뜻을 가진 제주어.) 선흘 곶자왈을 찾았다. 곶자왈은 제주 특유의 원시림을 이르는 말. 곶은 숲, 자왈은 잡목과 가시덤불이 마구 뒤엉켜 어수선하게 된 곳을 뜻한다고 한다. 그러니까 가시덤불 숲. 이 이름 속에 곶자왈의 비밀이 숨어 있다. 가시덤불이 천연 울타리 역할을 해서 인간의 발을 덜 타고, 그래서 원시에 가까운 숲의 원형을 유지해올 수 있었다고 하니까. 애초에 곶자왈은 화산활동으로 분출된 용암 위에 형성된 숲이다. 척박한 탓에 농토로 쓰이지 못하고, 가축을 방목하는 데도 적합하지 않아 사실상 버려졌던, 불모의 땅. 그런데 역설적으로 그 덕에 태곳적 모습이 보존될 수 있었다. 게다가 구멍이 많은 현무암이 빗물을 머금었다가 조금씩 내뿜기 때문에 사시사철 일정하게 높은 습도가 유지된다. 국내 양치류의 80퍼센트가량이 곶자왈에서 발견되는 이유. 세계에서 유일하게 제주에서만 자라는 제주고사리삼도 여기에 있다고 한다.

선흘곶은 동백나무가 많아 '동백동산'이라고도 불리는 곳. 습지와 동굴도 다른 곶자왈보다 많다. 대표적인 게 '먼물깍'. 마을에서 멀리 있다는 뜻인 '먼물'에 끄트머리라는 뜻의 '깍'이 더해진 이름으로 람사르 습지에 등록된 보존 지역이다. 선흘곶은 나무뿐 아니라 사람을 품기도 했다. 4·3 때 토벌대를 피해 민간인들을 숨겨주던 반못굴, 목시물굴 같은 동굴들이 그것이다.

곶자왈에서 자주 볼 수 있는 특이한 것 중 하나는 판근(版根)이다. 판자처럼 생긴 뿌리. 일반적인 원통 모양이 아니라 수직으로 편평하게 발육해 판 모양으로 지표에 노출된 뿌리를 말한다. 겉흙이 워낙 얇다 보니 땅 밑으로 뿌리를 내리지 못하고, 땅 위 돌 틈으로 판처럼 뿌리를 키워 적응해온 것이다.

판근은 바위와 돌을 움켜쥐기 위해 스스로 단련한 나무의 근육이다. 나무 스스로 만든 버팀목이다. 이 판근이 나무가 넘어지는 것을 막아준다. 어쩐지 제주 사람들을 닮았다.

수천 년 고난과 수난, 착취와 항쟁의 역사 속에서 독립적이고 자립적으로 강해진 사람들. 돌투성이 땅을 밭으로 만들고, 그 돌들을 쌓아 흑룡만리 아름다운 밭담을 만든 사람들. 어떻게 수난을 통과해 이토록 아름다워질 수 있는지. 제주의 거의 모든 것이 그렇다. 척박한 환경에서 살아남기 위해 바닷가의 나무와 풀 들조차 키를 낮추고 향기를 달여왔다.

높은 원시림의 수관들 사이로 강줄기처럼 하늘이 흐른다. 나무들이 일정한 경계를 두고 서로 침범하지 않는 수관 쌍방 양보 현상, '수줍은 꼭대기'다. 그 아름다움과 신비로움 때문에 걷다가 멈춰 우듬지를 올려다보느라 걸음이 더디다. 곶자왈에선 노루도 심심찮게 볼 수 있다. 한 번은 꼭 사슴인 것만 같은, 뿔이 근사한 노루를 만나 서로 한참을 바라본 적도 있다.

이런 천혜의 식물원이자 동물원인 곶자왈이 난개발 논란에 휩싸였다. 곶자왈 옆 무려 59만㎡ 부지에 사자, 호랑이, 원숭이, 얼룩말, 코끼리 등 530여 마리를 사육하고 관람하는 사파리를 만든다는 계획 때문이다. 열대 동물들을 데려와 중산간에 풀어놓는다는 발상 자체가 학대가 분명한 난센스인데, 호텔, 글램핑장 등 대규모 개발 사업까지 포함돼 있으니 곶자왈 파괴는 누가 봐도 빤하다. 안 그래도 포화 상태인 하수처리, 가축 분뇨, 지하수 오염, 쓰레기 문제는 또 어찌할 것인가.

한 바퀴 돌아 숲을 빠져나오자 갑자기 들이치는 햇살. 낯설도록 환해 어리둥절해진다. 바람이 불고 있었네. 숲은 너무나 고요했는데. 우리는 방금 다른 차원에서 빠져나온 게 아닐까. 숲을 돌아본다.

다만 고요하고 서늘해라, 갈맷빛 숨소리.

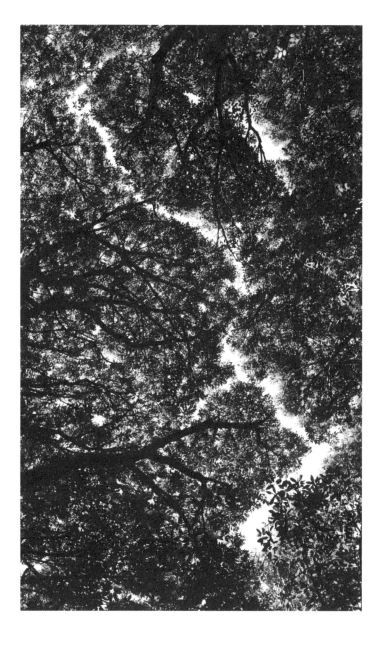

2부

참살이

ㄱ슬,
내일은 가장
기쁜 날이 될 거야

자면서도

언젠가 네가 몹시 슬플 땐 이걸 들려줘야지.

꿈속의 멜로디를 필사하듯 너의 음들을 따라 불어보고, 휴대폰에 녹음해두었거든.

너는 자면서도 휘파람을 분다.

가령 그런 것이 나를 조금 웃게 한다.

자는 너를 안으면 잠결에도 너는 입꼬리를 올려 웃어주고 나를 껴안는다.

"사랑해—" 하고 속삭이면 너는 잠결에도 고개를 끄덕여준다.

이렇게 통하는 사이가 있다는 건 신비로운 일. 갑자기 조감으로 이런 우리 둘을 멀리 떨어져서 보면 눈물이 나려고 하지.

너는 자면서도 휘파람을 분다.

가령 이런 것이 나를 조금 웃게 한다.

휘파람이 있어서 다행이야. 언젠가 내가 사라진 이 세상에서도 너는 휘파람을 불 수 있을 테니까. 그러면 나는 저 먼 곳에서도 네 곁으로 올게, 같이 휘파람을 불게.

한 사람이 두 목소리를 내는 몽골인의 흐미처럼, 너의 소리에서 어쩐지 다른 소리가 들린다면 안심하렴. 엄마야,라는 신호니까.

그러니까 외로울 때나 슬플 때는 휘파람을 불렴.

청귤청

라디오 작가 일을 쉬며 제주에 내려와 있는 지은 씨가 청귤을 보내주었다. 소다로 깨끗이 씻어놓고 물기가 마르는 동안 유리병들을 꺼내 열탕 소독을 해두었다. 청귤은 즙이 많고 향기롭다. 단면의 예쁘기가 이루 말할 수 없다. 겉면만으로는 결코 알 수 없는 의외의 아름다운 단면을 닮고 싶다. 청귤 특유의 푸른색을 살리려면 백설탕을 넣어야 하지만 색보다 건강! 갈색 원당을 넣어 재웠다. 맛있게 꿀잠 자렴.

서울에서는 매실과 살구로 청을 만들곤 했다. 지인이 가끔 보내오기도 했지만, 정릉 집 텃밭에 있는 매화나무 한 그루도 이태에 한 번씩은 매실이 조록조록 달려 담글 만했다. 살구 역시 따로 사지 않고 옆집 늙은 살구나무가 떨어뜨린 것들을 오가며 주워다 재웠다.

한때 매실청이 설탕물에 불과하다느니 매실 씨에서 독이 나온다느니 하는 말들 때문에 한 이태 매실청 담그기를 건너뛰기도 했다. 하지만 매실청을 담글 때 사용하는 설탕은 180일이 지나면 숙성 중에 분해돼 과당과 포도당이 되고, 일부는 유기산으로 발효된다고 한다. 또 청매실에는 '아미그달린'이라는 자연 독이 존재하긴 하지만 6개월 이상 설탕에 재우면 없어지는 것으로 밝혀졌다고 한다.

그러니까 설탕과 매실은 서로를 좋은 방향으로 변화시키는 사이인 것이다. 이건 내가 생각하는 사랑과 관계의 이상적 형태가 아닌가. 오,

매실과 설탕의 끈적한 사랑을 응원해! 나의 아이도 누군가와 만나 선한 변화를 이끌어내는 사람이 되면 좋겠다. 사람은 누구나 '독'이랄 수 있는 면을 갖게 마련. 그 독을 없애줄 수 있는 설탕 같은 사람을 만나면 좋겠다. 물론 그 전제는 일정 기간 이상의 숙성 시간을 거쳐야 한다는 거겠지.

이제 매실이나 살구가 아닌 청귤로 청을 만들면서 제주에 온 것을 다시금 실감한다.

노을 속에서 춤을

∴

섬의 섬에서 1박. 저녁노을과 아침노을을 번갈아 보았다. 노을 속에서 춤을 추었다.

텐트를 치고 버너에 라면을 끓이고 즉석식품을 조리해 낮술을 마시는 비박의 맛.

머리 위에는 별이 뜨고 바다 위에는 한치 등이 떴다. 유난히 빛나는 화성과 목성을 보았다. 여름 별자리를 찾아보았다.

작은 불을 피워두고 직녀성과 백조자리를 올려다보며 밤술을 마시는 캠핑의 맛.

밤새 파도 소리를 이불 삼아 덮고 잤다. 돋을볕에 커피를 내려 마셨다. 바다에 핀 메밀꽃을 오래 보았다.

이번 여름은 파도에 매료되었어.

파도 앞에서 파도의 일을 생각해보았어.

이토록 하염이 없는 일.

이토록 부서지는 일.

일어서고 달려오고 부딪치고 부서지고 스러지고 다시 끌려가고.

파도는 다시 어디서부터 파도일까.

∴

제주에서는 춤을 더 많이 출 거야.

톡!

걷고 있는데 무언가 톡, 알은척을 한다.

커피 빛깔이다. 벌써 익었구나. 동백 씨앗이었다.

허리를 굽혀 내려다보니 여기저기 씨앗들이 떨어져 있다. 이 속에 그렇게 빨간 게 들어 있단 말이지. 뭘 해야겠다는 목적도 없이 그냥 하나둘 줍기 시작한 게 두 손 가득이다. 접시에 담아놓고 보니 현무암으로 쌓은 담장을 닮았다.

이맘때부터 떨어지는 동백 씨앗을 모아 기름을 짠다. 겹동백, 애기동백, 겹무늬동백, 카네이션 동백 등 여러 종류가 있지만 씨앗을 얻을 수 있는 것은 홑겹의 토종 동백뿐이라고 한다.

동백 씨앗이 모이면 깨끗이 씻어서 가을볕에 잘 말린 뒤 쭉정이나 썩은 씨앗을 손으로 일일이 골라낸다. 동네 방앗간에 맡긴다.

미용이나 목공용으로 쓰는 기름은 바로 압착기로 들어가고 식용으로 쓰는 기름은 볶는 과정을 한 번 더 거친 뒤 짠다. 성분이 올리브 오일과 비슷해 아시아의 올리브 오일이라 불리기도 한다. 이 한 방울에 동백의 사계가 들어 있다.

수산리의 바지런쟁이 일꾼 은영 씨는 그렇게 가으내 줍고 씻고 말리고 고르고 짜낸 기름을 팔기도 한다. 올해도 그 집 마당에 동백 씨앗이 널리겠지.

곁을 지키는 일

저녁 7시부터 11시까지를 청소와 정리와 씻는 일로 보냈다. 아이가 아프면 읽거나 쓰거나 자는 일은 절대 할 수 없다는 걸 알기에, 해열제를 먹이고 다음 열을 체크할 때까지 이런 일들을 한다. 누군가를 기다릴 때도 꼭 이렇다. 기다릴 때에는 기다리는 일 말고는 아무것도 할 수 없는 것이다.

곁에서 자고 있는 아이가 보고 싶어서 휴대폰 불빛을 비추어 보는 마음.
옆에서 자고 있는 아이가 숨을 쉬지 않을까봐 코밑에 손을 대보는 마음.
그런 마음이 있다는 걸 알게 되었다. 엄마가 되고.

그렇게 몇 번이나 이마에 손을 대어보다 결국 잠을 설치고 내다본 창밖, 새벽의 동쪽 이마에도 열이 있더라. 일출봉이 붉게 물들고 있었다.

봉숭아 물

도라지꽃이 피었다. 부추 씨가 맺혔다. 사마귀가 갈색으로 변해간다. 풀이 시든다. 추석이다. 가을꽃들을 꺾어다 항아리에 꽂아 이팝나무 아래 벤치에 놓았다. 추석을 쇠러 시골에 오면 늘 하는 일이다. 올해는 봉숭아 물을 들였다.

마당에서 봉숭아꽃과 잎을 따다가 읍내 약국에서 사 온 백반을 넣고 찧는다. 비닐 팩 아니면 랩을 적당한 크기로 네모나게 자르고 무명실도 끊어놓는다. 손을 씻고, 찧어놓은 봉숭아를 새끼손톱부터 얹는다. 비닐 랩으로 감싼 뒤 손가락 첫 마디쯤을 무명실로 묶는다. 너무 헐겁게 묶으면 자는 동안 빠져버리고, 너무 꽁꽁 묶으면 손가락 끝이 얼얼하고 가려워져서 역시 잠결에 빼버리기 일쑤이니 묶는 강도가 적당해야 한다. 비닐로 감싸는 동안에도 손톱 위에 얹어놓은 봉숭아가 벗어나버릴 수 있기 때문에 기술이 필요하다. 그렇게 열 손가락을 다 묶고 나면 조심히 잠자리에 누우면 된다.

누우면 되지만, 우리는 진보한 문명을 사는 현대인으로서 이 모든 것을 생략. 시누이가 다○소에서 사 온 천 원짜리로 10분 만에 끝내버렸다. 가루를 물에 개어 면봉으로 손톱에 바른다. 10분에서 20분 정도 말린 다음 씻어낸다. 끝!

나린은 신기해한다. 제법 그럴싸하다. 백반을 찧고 비닐로 묶고 자는 번거로움도, 묶어놓은 것이 자는 동안 빠져서 엉뚱하게 이불에 꽃이 피곤 하던 불상사도 없다. 단돈 천 원에 초간단 공정으로 봉숭아 물을 들이는 게 세상 편하다. 편하면서도,

노을빛 혹은 단감 빛깔을 기나리며 열 손가락에 비닐을 묶고 잠들던 여름밤의 추억. 눈뜨자마자 비닐을 풀어볼 때의 설렘. 그런 기다림과 설렘을 느끼게 해주지 못한 것은 역시 좀 서운하다.

동갑내기

추석에 시댁에 올 때마다 나린과 하는 일이 있다.

나린의 나무에 물을 주고 나란히 서서 기념 촬영을 하는 일.

나린이 태어난 해에 심은 마로니에 나무이다.

그로부터 7년.

나는 젖니가 여섯 개 빠지고 새 이가 났어. 어린이집이랑, 유치원을 졸업하고 학교에 들어갔어. 아기 때는 아파서 입원을 했던 적도 있지만 이젠 '완전' 건강해. 우리 반에서 내가 제일 크다? 물론 그래도 너보다 작지만……. 쉬지 않고 줄넘기 30개 할 수 있어. 너도 봤지? 이제 양치질도 세수도 혼자 하고 내 방에서 혼자 자고 일어나. 슬픈 일이 있으면 일기에 써. 난 꿈이 너무 많아. 어렸을 땐 화가도 되고 싶고 간호사나 수의사, 어린이집 선생님도 되고 싶었는데 지금은 웹툰 작가도 하고 싶고, 피아니스트나 플루티스트도 되고 싶고, 내가 뭐가 돼 있을지 궁금해서 점쟁이도 되고 싶고, 아, 맞다, 마술사도 되고 싶어. 학교에서 마술을 새로 배우고 있는데 진짜 재밌거든. 다음에 마술 도구 가져와서 너한테도 보여줄게.

나는 그새 가뭄과 진딧물 같은 걸 견디느라 한쪽 가지를 잃었어. 올

여름은 너무 더워서 더 힘들었어. 여기 잎사귀 끝이 마른 거 보이지? 그래도 지금은 나도 건강해져서 남쪽으로 새 가지를 냈어. 키도 너보다 훨씬 커졌지? 이제 슬슬 꽃봉오리를 만들려고 해. 내년에 네가 나를 다시 찾아올 때는 내 꽃향기를 맡을 수 있을지도 모르겠다. 그리고 조금만 더 기다려. 내가 키도 더 크고 잎사귀도 더 넓어지면 너는 나한테 와서 쉴 수 있어. 그때는 아빠한테 의자를 만들어달라고 졸라보렴. 내 그늘 안에 들어와서 나한테 동화책을 읽어주는 거야. 만화책도 좋아. 그게 내 꿈이야.

나무와 나린은 동갑내기입니다.

둘은 멀리 떨어져 있지만 서로 연결되어 있습니다.

엄마야!

° 9월 25일: 엄마? 엄마! 엄마 ─ ♬엄마♪

오늘 엄마를 몇 번이나 부르는지 모르겠다. 한 100번 정도 부르는 것 같다. 첫 번째는 엄마~ 두 번째는 엄마! 세 번째는 엄마 ─ 그리고 아! 네 번째는 엄마! 그다음 다섯 번째는 엄마? 그다음은 생각이 잘 안 난다.

생각이 잘 안 나시겠지. 그렇게 많이 부르는데 어떻게 다 생각이 나겠어요.

정말로 너는 엄마를 몇 번이나 부를까. 어떤 날은 그 엄마, 부르는 소리에 성실하게 반응하는 것만으로 에너지의 9할은 소모해버린 느낌이 든다. 어떨 땐 소리를 꽥 지르고 싶다. "그놈의 엄마 좀 고만 불러!"

오죽하면 엄마라는 말에 가위눌린 적이 다 있을까. 아침 녘인데 꿈속에서 속삭이듯 낮은 목소리로 나린이 엄마, 엄마, 하고 계속 부르는 거다. 그 소리에 대답을 해야 하는데 소리가 만들어지지가 않아서 고통스러워하다가 겨우 울음 같은 신음을 뱉으며 꿈에서 탈출했다. '엄마'라는 말이 물리적인 무게를 가지고 나를 누르는 느낌이었다. 그래, 나는 '엄마'라는 역할이 무겁고 무섭다.

인간이 가장 많이 발음하고 가는 단어는 '엄마'가 아닐까.

단발머리

나린이 단발머리가 되었다. 스스로 머리를 잘 빗지도 않고 혼자 묶거나 감는 일은 더 못하니 엄마 입장에서 긴 머리도 여간 성가신 게 아니다. 스스로 머리 관리를 할 수 있을 때까지는 단발을 하기로 합의를 본 뒤, 여름이 끝나기를 기다려왔다. 미용실에 가자 했더니 집에서 자르겠단다. 어렸을 때부터도 나린의 이발은 홈 커팅이었다.

오늘의 미용사는 외할머니. 시골에 미용실 같은 게 있을 리 없었던 시절 우리 4남매 이발 담당은 늘 엄마였다. 솜씨가 좋아서 머리를 자르고 간 날은 선생님들로부터 칭찬을 들었고, 언밸런스하게 가르마를 탄 스타일은 작은 마을에서 은근히 유행이 되기도 했다.

보자기를 쓰고 앉은 나린의 무릎으로 사르륵, 머리카락이 떨어져 내린다. 나린이 얼굴을 찌푸린다. 차가운 가위가 귀밑이나 목덜미를 지날 때면 오줌이 마려운 것 같았어. 사그악사그악, 사륵사륵 가윗날이 머리칼을 자르는 소리를 듣고 있노라면 잠이 올 것 같았지.

가위손 정 실장님의 가위가 능숙하게 머리통을 한 바퀴 돈다. 그런데 너무 짧은 거 아닌가? 확실한 걸 좋아하는 화끈한 외할머니가 귓불 선에 맞춰서 바투 잘라버린 것 같다. 게다가 아뿔싸, 걱정했던 일이 벌어졌다. 왼쪽이 더 길다. 바로 교정 들어가시겠습니다. 얼추 오른쪽 왼쪽 길이를 맞췄는데 이번엔 전반적으로 뒤로 갈수록 길어져버렸네? 다시 사각사각. 그랬더니 어라, 이번엔 선이 반듯하지가 못하고 들쭉날쭉. 보다 못한 삼촌이 가위를 뺏어 들고 덤빈다. 우선 삐죽이 튀어나온 부분을 잘라낸다. 호기롭게 손을 봤지만 역시 고르지가 못하다. 숱이 많은 편이라 단면에서도 안쪽과 바깥쪽의 길이 차이가 생긴다. 에이, 줘봐, 줘봐! 이번엔 커팅 전문가 작은이모부가 가위를 넘겨받는다. 페이퍼 커팅으로 그림책 작업을 하는 작가님이니 뭐가 달라도 다르겠지. 역시 역시! 표정과 자세부터 다르다. 더구나 그는 매일 스스로 머리를 깎는 '찰스 한'이 아닌가! 우주의 기를 6번 차크라에 모은 듯 눈썹은 독수리 날개처럼 뻗치고 얼굴의 주름이 미간을 중심으로 방사형으로 뻗어간다. 두 다리는 어깨 넓이보다 조금 넓게 벌린 상태로 쭈그려 앉은 자세에서 엉덩이를 살짝 들어 중심을 잡는다. 한 방향으로 자라 뻗치는 머리칼의 방향과 가위의 각도가 정확히 맞아야 한다. 사그락사그락. 섬세하고 세심한 커팅. 한 걸음 물러나 확인 후 자세 바꿔서 다시 사그악 사그악. 세상 없이 진지하다.

　그러나…… 가위는 도로 할머니 손으로. 대체 내 머리에 무슨 일이 일어나는 거야. 나린의 얼굴은 점점 일그러진다. 동생(작은이모)과 나는 엄청 귀여워지고 있다고, 긴 머리보다 훨씬 예쁘다고 호들갑 담당. 할머니의 마무리가 성에 안 찬 삼촌이 이번엔 전기면도기를 가져온다. 나린은 거의 울 것 같다. 보자기를 씌웠지만 목덜미랑 옷 속으로 짧은 머리칼이 많이 들어갔다. 따갑다고 난리다. 삼촌이 이번엔 좀 더 큰 기계를 들고 나타난다. 진공청소기다. 틈새용 헤드를 끼워 머리칼을 빨아들인다. 완벽주의자 찰스 한 선생님의 얼굴에는 미진한 표정이 역력하지만 고객님 기분이 언짢으시니 오늘은 여기까지. 보자기를 벗은 나린에게 거울을 보여준다.

으악, 이게 뭐야!

거울 속에는 다른 아이가 앉아 있다. 근데 어디서 본 것 같은데?

맞다, 몽실 언니닷!

아이 하나를 키우려면 한 마을이 필요하다.

아이 헤어를 자르려면 한 가족이 필요하다.

(때에 따라서는 진공청소기도 필요하다.)

언니들과

「제주 4·3, 진실에서 평화로(Jeju 4·3 From Truth To Peace)」영문 자료집이 왔다. 지난여름 4·3을 증언하는 70년 넘은 유품들의 말을 듣고 전하는 작업의 일부가 실렸다. 사진을 담당한 현주 언니도 나도 몸이 좋지 않은 와중에 아프고 슬픈 작업이라 심적으로 더 힘들었지만 시인으로서 내겐 아주 각별한 경험이었다.

지난 계절엔 두 개의 협업에 참여했는데, 다른 하나는 한강예술공원 프로젝트인 송지연 작가의 '포엠 파빌리온' 콜라보. 태양이 구멍이 뚫린 돔 형태의 파빌리온을 통과하며 시간대마다, 계절마다 다른 시구절을 지면에 그린다. 태양의 운행과 시간성과 공간성과 한글의 조형성까지 생각하게 했던 어렵고도 재미있었던 작업.

두 작업 모두 다른 장르와의 협업이었고, 공적으로 의미 있는 일이었고, 함께한 아티스트와 기획자 들이 모두 여성이어서 더 뜻깊었다. 멋있는 언니들과의 이런 기회가 더 자주 있으면 좋겠다.

가장 기쁜 날

"내일은 인생에서 가장 기쁜 날이 될 거야!"

어젯밤 일기에 이렇게 써놓고 잠든 나린.

그 '내일'이 왔다.

나린의 내일, 인생에서 가장 기쁜 날이란 다름 아니라 첫 아르바이트를 하는 날. 요조 이모가 행사의 초대 손님으로 노래를 부르러 가야 해서 우리 모녀에게 책방지기를 부탁한 것. 그게 뭔지도 모르고(뭔지 모르기 때문에) 설레발을 치고 설레어했던 것. 그리하여 572돌 한글날 기념 1일 무사 책방지기가 되었다. 사실 실질적인 아르바이트생은 엄마였지, 너는 이러고 만화책만 읽었잖아. 그게 지금 손님을 맞이하는 자세니?

일당을 주겠다고 하길래 막걸리로 받았다. 국숫집으로 가는 길에 반딧불이를 두 마리 보았다. 이 계절에 반딧불이라니! (늦반딧불이라고 한다.) 청정 지역에만 서식한다는 반딧불이를 보다니 여기는 아직 괜찮다는 뜻이지 싶어 안도가 되면서도 언제까지 볼 수 있을까 걱정도 된다.

우리는 늦도록 막걸리를 마셨다. 취한 나와 수진을 나린은 부끄러워했다.

반딧불이처럼

책방 무사 4주년이었다. 조촐하게 축하를 나누었다.

축하해요, 요 사장.

반딧불이처럼, '노란 불빛의 서점'처럼, 작지만 따뜻한 빛을 오래오래 뿜어내며 가능한 한 오래 아름답도록 무사하길!

도래와 회귀

B95, 과학자들은 그를 '문버드'라고 부른대.

일생 동안 52만 3천km, 달과 지구 사이보다 먼 거리를 비행하기 때문이지.

B95는 이 작은 생명체, 붉은가슴도요의 다리에 묶은 표식이었단다.

세상에서 가장 멀리 난다는 도요새, 그들이 돌아오고 있어.

알래스카에서 오스트레일리아까지 1만 3천km가 넘는 비행 중에 우리나라에 잠시 머물러서 에너지를 비축하는 거지. 300g의 작은 몸으로 그들은 어떻게 일주일 동안 쉬지 않고 날까.

이 신비를 쉼보르스카라는 시인은 『읽거나 말거나』란 책에서 이렇게 표현했더구나.

"그들은 자신들의 광기에 대해서는 전혀 인식하지 못하는 미치광이들이다. (…) 이 정신 나간 피조물은 그저 묵묵한 비행을 계속한다."

그런 종류의 광기를 우린 또 알고 있지.

베링해, 알래스카만까지 2만여km의 여정을 끝내고 남대천으로 돌아오는 연어들.

그들의 회귀본능에 관해서 정확히 밝혀지진 않았지만 모천의 물 냄새를 기억하고 그 기억을 따라 올라오는 걸로 추정하고 있다고 해.

그들이 돌아오고 있어.

이 계절, 그들의 몸에서 나는 열과 뛰고 있을 작은 심장.

그런 걸 상상하면, 그런 알 수 없는 광기에 대해 생각하면 삶이라는 묵묵한 비행을 계속하고 있는 모든 존재들, 성실함이라는 이름의 광기에 대해서도 응원을 보내고 싶어진단다.

취재를 하러 천수만을 다녀온 이후였을 거다. 이즈음이면 늘 그들을 생각한다. 연어와 철새. 도래(渡來)와 회귀(回歸). 물을 건너오는 일과 거슬러 오는 일. 돌아감과 돌아옴. 날개와 지느러미의 고단함을 상상하면 눈물이 날 것 같다.

연어를 보러 양양에 한 번 더 가고 싶었는데, 그러지 못했다. 하지만 여기서는 새를 보러 가야지. 이곳 성산은 제주에서도 대표적인 철새 도래지이다.

° 비스와바 쉼보르스카『읽거나 말거나』, 최성은 옮김, 봄날의책 2018.

시월

기울고 이울고
저물고 그믈고
쇠하고 시들고
여위고 사위는
시월,
마음을 데려 돌아감.

꽃이나 보자고

"서울 언제 와?"

전화를 걸어서는 다짜고짜 이렇게 묻는 엄마. 무슨 급한 일이 있어 제주로 이사한 딸에게 거두절미, 언제 오는지부터 묻는가.

"호수공원에 나왔는데 단풍이 세상에! 너—무 예뻐! 너도 와서 좀 보면 좋겠는데 언제 와?"

"엄마도 참! 난 또 무슨 큰일이라고! 지금 나보고 단풍 보러 비싼 비행기 타고 올라오라고?"

내심 안도하면서도 나는 철없는 딸을 나무라는 엄마의 말투가 된다.

"아유, 그건 그런데, 진짜 얼—마나 예쁜지 몰라. 너도 저것 좀 봐야 되는데. 단풍 지기 전에 오면 좋은데…… 그때까지 남아 있을까?"

엄마는 못내 아쉬워했다. 며칠 전엔 아파트 앞 백일홍이 너무 예쁘다며, 같이 사진 좀 찍어야 하는데…… 안타까워하던 엄마였다.

어느 봄이던가, 15년도 더 지난 옛날에도 엄마는 그랬다. 방송 작가 일을 시작한 지 얼마 되지 않았던 무렵 "윤중로 벚꽃이 그렇게 좋다면서?"하고 나를 불러낸 엄마. 농사짓다 빚에 쫓겨 맨몸으로 상경, 새벽부터 밤까지 식당 일 하며 단칸방에서 넷을 키우던 시절이었다. 그 빠듯하고 고된 날들 속의 금쪽같은 휴일 하루를, 글쎄 꽃을 보자고, 여의도로 찾아온 거였다. "바빠 죽겠는데, 내가 지금 꽃이나 보자고 나가야

돼?"이런 마음도 들었지만 버스, 전철 갈아타고 찾아온 엄마를 돌려 보낼 수 없어 나갔더랬다. "어머, 저 꽃 좀 봐라!" 꽃 터널 속으로 엄마 는 감탄사를 터뜨리며 걸어갔다. 그 얼굴이 낯설도록 환해 쓸쓸하고 눈 물겨웠던 기억. 꽃길 속으로, 만발한 한 생애가 아장아장, 걸어가고 있 었다.

그런데 이제 와 생각해보면 그렇다. '산다는 것'이 무엇인가. 우리는 '꽃이나 보자고' 이 세상에 온 것이다. 그러니 꽃이나 볼 일이다. 바빠 죽기 전에.

그리고 이제는 알겠다. 좋은 것, 예쁜 것, 귀한 것, 아름다운 것을 사 랑하는 존재와 함께 나누고 싶은 마음을. 꽃을 보고도 싶었겠지만, 꽃 과 단풍을 핑계로 나를 보고 싶었던 엄마를.

그러나 나는 모른다. 엄마와 좋은 것을 같이 보면서 '아, 예쁘다! 엄마 저기 서봐.' 그럴 날이 얼마나 남아 있을지를. 엄마의 말처럼 단풍이, 벗 꽃이 그때까지 남아 있을지를.

다음 봄에도 꽃이 예쁘다고 전화가 올까. 그러면 당장 비행기를 타 야지.

노래

"엄마, 무서움을 달래주는 건 노래뿐이 없는 것 같아. 노래를 흥얼흥얼거리면 무서운 생각이 사라져버려.

노래를 부르면 복이 올 것 같아. 「혹부리 영감」에서도 영감이 노래를 부르니까 도깨비들이 황금이 나오는 도깨비방망이를 줬잖아. 혹도 떼어주고."

처음 노래를 부른 사람도 그랬을 거야. 가령 사냥을 나갔다가 길을 잃고 친구도 잃고 동굴 같은 데서 하룻밤을 지내게 된 거야. 불도 없는 그 동굴의 어둠에 더욱 무서워졌겠지. 그의 무서움이, 누군가 듣고 찾아와주었으면 하는 간절함이 그로 하여금 노래를 발명하게 하지 않았을까? 아니면 그를 달래주러 노래가 그를 찾아온 게 아닐까? 그의 성대를 빌려서 그의 영혼을 부드럽게 쓰다듬어주고 또 다른 영혼에게로 간 게 아닐까? 엄마는 슬플 때는 허밍을 한다. 그러면 노래의 선율은 은빛 보드라운 실들로 고치처럼 나를 감싸주지. 내 영혼은 나의 목소리가 만든 그 고치 속에 웅크려 눕는단다. 그러면 미워하는 마음, 원망하는 마음도 조금 누그러지는 것 같아.

그래, 무섭거나 두려울 땐 노래를 부르자.

가을 허기

거미들의 걸음이 빨라진 것 같다. 먹을 것 없는 건물의 흰 벽이나 천장은 더 넓어 보이고, 길고 여윈 다리의 초조한 분주함이 꼭 거미의 일만은 아닌 것 같아서 괜히 달력의 남은 날들을 생각하게 된다.

여름날 이슬과 햇살에 빛나던 은빛 거미줄들은 이제 해지고 빛을 잃어, 낡은 잿빛 그물처럼 보인다. 헐리는 거미의 집을 보면 '지금 집이 없는 사람은 더 이상 집을 짓지 않을 것입니다.'라는 릴케의 시가 생각나고, 거기 뒤따르는 시구처럼 지금 고독한 사람이 되어 고독한 그대로 오랫동안 살며 깨어서 책을 읽고 긴 편지를 쓰고도 싶어진다.

"인간은 가을이 오면, 독방에 앉은 자기 모습을 처음으로 거울에 비춰 보듯이 빤히 주변을 바라보게 된다."○

소설가 고바야시 다키지의 「감방 수필」에 있는 문장처럼 홀로 깨어 새삼스럽게 주변을 둘러보게도 된다. 혹은 딱히 속이 비거나 배가 고픈 것도 아닌데 이상한 허기 때문에 괜히 한밤중에 냉장고 문을 열어보기도 하는 것이다. 한해살이 거미의 가을 허기도 그런 것이었을까.

해는 지고 다 저문 날 서성이고 뒤척이는 밤. 해져가는 빈 그물을 바라보는 가을 거미의 허기진 마음이 되어서 이런 시구를 떠올려보기도 하는 것이다.

그러나 지금 나는 마흔아홉/홀로 망을 짜던 거미의 마음을 엿볼 나이/지
금 흔들리는 건 가을 거미의 외로움임을 안다

— 이면우 「거미」 중°

보름 사리 일곱물.

오늘은 가을의 마지막 절기였다고 한다.

° 정수윤 편저 『슬픈 인간』, 봄날의책 2017.
° 이면우 『아무도 울지 않는 밤은 없다』, 창비 2001.

귤림추색

'귤주에 바람이 이니 꿈조차 향기롭네.'

오나라 추하의 시에 나오는 구절이라고 한다. 꿈조차 향기롭다니, 어쩐지 그렇게 과장되게라도 표현하고 싶은 마음을 오늘 나도 알아버렸어.

한나절을 귤밭에서 홀린 듯 헤매듯 보냈다. 이 귤이 어여쁜가 하면 저 귤이 부르고, 이 나무가 탐스러운가 싶으면 또 저 나무가 복스럽다. 귤 익는 모습이 이렇게 아름다운 데가 있구나. '귤림추색'이란 이런 것이구나. 귤림추색은 제주 10경 중 하나로 귤이 익어가는 늦가을 아름다운 풍광을 감상하는 일.

귤들은 이제 익을 대로 익었다. 극조생귤이 나오는 때라고 한다.

겨울이면 손이 노래지도록 귤을 까먹었다. 있으면 있는 만큼 한없이 먹게 되는 과일. 귤피는 말려 차를 끓였다. 감기 기운이 있으면 귤껍질과 대추와 생강을 넣고 커다란 냄비 가득 끓여가며 종일 마신다. 속이 불편하거나 체기가 있을 때도 따뜻한 귤차를 마시면 도움이 된다. 중국에서 '귤정(橘井)'이라는 말이 왜 의사를 뜻하게 됐는지 알 것 같다.

진나라 소탐이란 사람이 우물 옆에 귤나무를 심었다. 그 잎을 따서 먹이고 우물물을 마시게 해서 아픈 사람을 고쳤다고 한다. 그래서 아직도 중국에서는 의사를 귤정이라고 부르는 사람들이 있다고 한다. 그 환자도 나처럼 소음인이었나보다.

영조도 같은 체질이었던 게 분명해. 평소 귤껍질에 여러 가지 약재를 첨가한 차를 달여 먹으며 건강을 지켰다고 하니 말이다. 특히 임종 순간까지도 귤에 계피와 생강을 넣은 계강차를 명약으로 사용한 기록이 실록에 남아 있다나. 83세까지 장수할 수 있었던 비결이 혹시?

그런데 영조나 되니까 그렇게 귤을 즐겨 먹을 수 있었지, 조선 시대에 귤은 워낙 귀해 임금에게만 올리던 진상품이었다. 제주 백성들을 향한 조정의 귤 공납 강요가 얼마나 심했던지 정약용은 『목민심서』에서 '귤나무에 구멍을 뚫고 호초(胡椒)를 집어넣어 나무가 저절로 말라 죽으면 (공납) 대장에서 빠지게 된다. 그루터기에서 움이 돋으면 잘라버리고 씨가 떨어져 싹이 나면 보이는 대로 뽑아버리니, 이것이 귤과 유자가 없어지는 까닭이다.'라고 지적했다.

조선왕조실록에는 영조가 신하들에게 귤 공납 문제에 대해 묻는 장면도 나온다고 한다. "감귤의 진공(進貢) 또한 폐단이 있어 여염집에서 이 나무가 나면 반드시 끓는 물을 부어 죽인다고 하니, 사실이 그런가?" 아니, 그걸 알고도 돌아가실 때까지 그렇게 귤차를 끓여 드셨다니 참…….

오늘 내가 이렇게 '감상'하는 귤나무에도 이런 역사가 숨어 있다니 정말이지 제주가 간직한 아름다움이란 아프지 않은 것이 없구나.

할망당

진안 할망당을 찾았다. 할망당은 제주 해안 마을 어디에나 있는 제의 공간이다. 해녀들이 무사히 물질을 하고, 어부들이 풍어를 이룰 수 있기를 바라며 신적 존재인 할망께 제를 지내는 곳. 그런데 우리 마을 할망당은 독특하게도 학교 울타리 안에 있다. 그건 바로 이 학교가 580년 전 왜적의 침입에 대비해 만든 수산진성을 울타리로 삼고 있는 덕분이고, 그 성 한편 학교 과수원 안쪽에 성을 신석(神石)으로 삼은 할망당이 자리잡고 있기 때문이다.

진안 할망당에는 인신 공양의 전설이 전해온다. 성이 자꾸 무너져 내려 점을 쳤더니 여자아이를 바쳐야 한다는 점괘가 나왔다는 거다. 마을 사람들은 한 아이를 제물로 바쳤고, 그러자 정말 성이 더 이상 무너지지 않아 완공할 수 있었다고 한다. 그런데 어느 날부터인가 밤마다 아기 울음소리가 나 동네의 한 부인이 제사를 지내고 퇴물을 그 자리에 갖다 놓으니 소리가 그쳤다나. 그 영혼을 위로하기 위해 수산진성 안에 만든 당이어서 진안 할망당이라 불린다. 이곳 말로는 '진안엣당'. 굿을 하지는 않지만 이곳 사람들에겐 영험하다는 인식이 있어서 큰일을 앞둔 사람들이 찾아와 기도를 올리곤 한다고 한다.

기메(제주에서 무속 의례에 쓰이는 무구)와 양초가 아직 성한 것을 보니 누군가 다녀간 지 얼마 되지 않았다. 그의 기도가 이루어졌기를.

터진목

철새들이 놀고 있다. 갯쑥부쟁이가 피었다. 관광객을 겨냥해 뿌린 겨울 유채가 벌써 노랗다.

올레 1코스의 종착점. 제주 관광 1번지이자 유네스코 세계 자연유산인 일출봉의 길목. 관광객들이 그 일출봉과 유채꽃을 배경으로 사진을 찍는 터진목.

강중훈 시인은 이곳에서 아버지가 총구에 쓰러지는 것을 목격했다. 할아버지와 할머니, 아버지와 아버지 형제들, 고모를 다 여기서 잃었다고 한다.

여덟 살. 꼭 지금 나린의 나이.

터진목은 제주에서 대표적인 4·3 학살터이다. 성산 지역 희생자 450여 명 중 200여 명이 여기서 집단으로 총살됐다. 당시 근처 성산국민학교에 서북청년단으로 편성된 특별중대가 주둔하고 있었다고 한다.

섭지코지에서 만난 해녀 강숙자 님의 어머니도 서북청년단에 끌려가 여기에서 총살당했다. 당시 두 살. 등에 업혀 함께 총살당할 뻔한 운명. 어머니가 자신의 목도리와 옷으로 싼 아기를 지나가던 동네 사람에게 던지듯이 맡기면서 살아남을 수 있었다 한다.

그렇게 희생된 성산읍 4·3 희생자 이름이 돌에 새겨져 있다.

수산리 김순금. 여기서 다시 한번 그 이름을 만났다.

모시모시 할머니

오늘도 할머니는 거기 왜가리처럼 서 계신다.

초등학교로 향하는 작은 삼거리 모퉁이 자리.

언제나 그 자리에 서서 저쪽을 바라보며 누군가를 마중 나와 있는 모습.

누구일까.

기다리는 자세.

이곳에 이사를 온 뒤 아이 외에 가장 많이 본 사람은 저 할머니다. 등교하는 아이를 눈으로 배웅하느라 창밖을 내다보노라면, 저 자리에 할머니가 먼저 나와 계신다. 바쁜 듯이 그 자리로 허정허정 걸어와서 한참을 서 있거나 가만 앉아 있다가 왔던 길을 다시 바쁜 듯이 휘적휘적 돌아간다. 흰 수건 쓰고 검은 비닐 점퍼에 검은 바지 검은 단화, 늘 그 차림새다. 흰 두건 때문에 무명천 할머니가 떠오른다. 언젠가 말을 걸어보았지만 으깨지거나.뭉개진 발음을 알아들을 수 없었다.

"할머니 누구 기다려요?"

오늘도 할머니께 다가가보았다.

할머니는 손에 든 걸 내 보인다.

물들어가는 동백잎 두 장을 차표처럼 내민다. 손안에 동백 씨앗 서너 개를 쥐었다.

"할머니 이거 뭐예요."

한 손으로 동백 씨앗을 가리켰다가 길 저쪽을 가리킨다.

"그거 내고 버스 타고 어디 가시려고?"

"둘이 이서." ('이서'는 '있어'의 제주어.)

할머니는 맥락 없는 대답을 건네더니 건너편 도로반사경을 가리킨다.

"얼굴이 아파."

할머니는 한쪽 눈이 없다. 이도 몇 개 없다. 누구도 그 사연을 모른다. 왜 매일같이 저 작은 삼거리에 나오는지, 한참을 이쪽저쪽 기웃이 쳐다보며 앉아 있는지, 누군가를 기다리는지. 다만 치매에 걸렸다고들 한다. 동네 사람들은 '모시모시 할머니'라고 부른다. 전화받는 소리 모시모시, 그 말만 잘한다고 모시모시 할머니. 오늘도 할머니 모시모시 걸어간다. 언젠가 할머니의 사연을 듣게 될 날이 있을까.

밭담

그걸 생각하면 기가 막힌다.

바윗덩어리들이 바람에 깎이고 부서져 흙이 되는 시간, 돌투성이 땅에서 바위를 하나하나 옮겨 한 뙈기 밭을 일군 시간.

그렇게 쌓은 시간이 자그마치 2만 2천km. 지구 반 바퀴 길이라고 한다. 구불구불 이어지는 모습이 검은 용을 닮았대서 '흑룡만리'라는 별칭과 전설을 얻기도 했다.

오름에 올라 내려다보면 검정 크레파스로 그린 윤곽선처럼 초록, 연두색 밭의 구획을 이루고 있는 검은 밭담들이 선명하게 아름답다. 지상에 만든 스테인드글라스 작품 같다.

화산 폭발 후 남은 것은 검은 현무암 바윗덩어리들뿐이었다. 밭을 일구기 위해 사람들은 돌덩이들을 한편에 쌓았다. 그렇게 만들어진 담은 밭의 경계 역할을 하는 동시에 바람을 막는 울타리가 돼주었다. 그 가치와 아름다움을 인정받아 유엔 식량농업기구의 세계중요농업유산으로 등재되기도 한 제주의 돌담이다.

제주만의 고유한 풍경, 고유한 아름다움 뒤에는 어디에나 이런 아프고 고된 시간이 쌓여 있다. 제주에 살면서 새록새록 아름다움으로 다가오는 것 중 하나가 밭담이다.

마침 근처 마을에서 밭담 길 걷기 행사가 있기에 참가 신청을 했다.

난산리와 신풍리 밭담 길을 걷는 코스. 특히 난산리는 정말 조용하고 평화로운 마을이다. 아기자기한 돌담 길을 따라 걷는 시간을 조금 더 여유롭게 마련했으면 싶을 정도.

하지만 그런 여유가 허락될까. 난산리는 고립 위기에 놓였다. 제2공항이 들어서면 마을 대부분은 공항 청사 뒤쪽에 자리하게 되고, 활주로가 읍내로 진입하는 도로들을 차단해버리기 때문이다. 수백 년 된 밭담의 원형을 간직한, 이토록 고즈넉하고 아름다운 마을이 고립돼 비행기 소음에 시달리게 된다니.

그걸 생각하면 기가 막힌다.

신의 캔버스

해녀 이야기

∴

계단을 내려가 바다 앞으로 달려가던 아이가 주춤 멈춰 서더니 가만히 바다 쪽을 바라만 보고 서 있다. 마침 해녀들이 물질을 끝내고 나오는 때였다.

검은 물옷을 입고 물속에서 솟아나 걸어 나오는 모습은 무언가 설명하기 힘든 느낌을 불러왔다. 말할 기운도 없는 듯 지쳐 보이는 그들은 침묵하라, 작고 허튼 말들을 물리치는 무언의 위엄 같았다.

젖은 고무 옷이 햇빛을 받아 빛났다. 긴 전쟁을 치르고 돌아오는 전사 같기도 한 그 모습에는 신화적이고 원형적인 비애 같은 것이 서려 있기도 했다. 하루 종일 자맥질하기에 저 바다는 너무 아름답지 않은가.

뭍과 물의 경계에서는 더러 딸이나 남편이 기다리고 있었다. 지친 엄마를, 아내를 바라보는 심정은 또 어떨까.

엄마가 머리에 이고 온 짐을 받아 내리던 어릴 적의 장면이 날카롭게 스쳤다. 미안함과 애틋함과 안쓰러움과 속상함, 고마움, 그리고 알 수 없는 죄책감이 뒤섞인 감정.

광치기로 내려갔다가 돌아오는 길이었다. 멀리 역광 속에 두 실루엣이 서로 다가가고 있었다. 가장 멀리까지 나갔다가 가장 마지막까지 물질을 하고 나오는 해녀. 그이는 뭍을 향해 천천히 걸어 나오고, 물 밖 모래톱의 남자는 물을 향해 다가간다.

아예 물속으로 걸어 들어간다. 젖는 것이 대수이겠는가. 등에 진 것의 무게를 조금이라도 덜어주려 물속까지 마중하는 모습. 그 앞으로 철새인지 한 쌍의 새가 총총 걷는다.

∴ 오토바이

단층짜리 건물 앞에 오토바이 여남은 대가 서 있다. 번호판의 숫자들이 다 고만고만하다. 해녀들의 출퇴근 자가용이다. 오늘은 물질을 하는 날이라는 표시이기도 하다. 제주에서 해녀 탈의장이나 작업장 앞에 이렇게 오토바이들이 주차돼 있는 모습을 흔하게 볼 수 있다.

이제 오토바이는 필수다. 밭일과 물질을 동시에 해야 하는 해녀들이 효율적으로 작업장으로 이동할 수 있게 됐고, 그런 생산성은 남편들에게도 마찬가지다. 물질이 끝나기를 기다리는 남편들이 운반책 핑계로 노는 일 없이 일터로 가도록 만들었기 때문이다.

무엇보다 이 '발'이 생긴 뒤 해녀들은 더 자유롭고 독립적인 존재가 되었다고 한다. 이전에는 집에서 바다까지 남편이 자동차나 경운기로 태워다 주고 태우러 와야 했다. 해녀들은 이제 남편에게 의존하지 않으면서 자신들의 일에 전념할 수 있게 되었다. 물질뿐만 아니라 장을 보고 각종 모임이나 회의에 참여하는 게 수월해져서 여성의 사회적 활동 반경을 넓혔다는 논문도 있다.

나는 왜 논문까지 동원하며 오토바이 얘기를 늘어놓는가. 가정 내에서 여성의 평등과 주체성을 위해, 운전을 할 수 있는지가 제법 중요한 문제이기 때문이다. 이른바 장롱면허 시절, 운전을 못하기 때문에 남편에게 아쉬운 소리를 하거나 지고 들어가야 했던 기억이 적잖이 있다. 혼자 움직이는 거면 얼마든지 버스, 전철, 비행기라도 타고 가볍게 다니겠다만 아이가 생기고는 웬걸. 애 안고, 업고, 내 짐, 애 짐 바리바리 싸 들고 자동차 없이 움직이는 일이 엄두가 잘 나지 않았고, 그럴 때마다 남편에게 '부탁'을 해야 했다. '우리의' 아이를 데리고 다니기 위한 일인데도 괜히 저자세가 되고 꿀리는 심정이 되는 때가 한두 번이 아니었다. 심지어 부부싸움을 심하게 한 날에 남편은 차를 몰고 혼자 가출해버리기도 했다. 그런 날은 10년 장롱면허인 내 처지를 얼마나 한탄하고 원망했던가.

"이제 집에 가시는 거예요?"
"응, 퇴근!"
물안경 대신 안전모를 쓰고 시동을 거는 70대 해녀 할머니. 부릉부릉 뒷모습이 섹시하고 경쾌하게 느껴진다.

∴ 정순과 복순

바닷바람에 칠이 다 벗겨진 팻말에 '고성 신양 어촌계 공동 작업장'이란 글씨도 지워져간다.
작업장 문을 열고 들어가면(막 열고 들어갔다간 혼쭐이 난다. 이곳은 해녀들이 옷을 갈아입는 곳이기도 하고, 신성한 노동 현장이기 때문이다.) 물질 끝낸 해녀들이 '물건'들을 손질하거나 무게를 달고 있다. 한구석 가스레인지 위에는 톳이나 미역 데치는 냄새와 흰 김이 자욱하다. 물때에 따라 다르지만 대략 아침 9시께 물에 들면 못해도 오후 두세 시까지 대여섯 시간 자맥질을 한 뒤, 무거워진 망사리를 들고 나온다. 그 안에 들어 있던 앙장구와 참소라, 보라성게, 분홍성게, 전복, 미역 등을 풀어놓고 정리하고 손질하는 손들이 능숙하다. 바닥 여기저기서 돌문어가 꿈틀거린다. 이런 문어는 누구나, 날마다 잡는 것이 아니어서 그날에 운이 들어 있어야 한다고 한다. 전복도 마찬가지. 오늘 딴 것은 내 손바닥보다 크다.

"세상에! 이렇게 큰 건 처음 봐요."

놀랐더니 그건 큰 축도 아니라고 한다.

성게를 까서 담는 플라스틱 통에 득주, 성자, 순년, 유진…… 두 음절 단어들이 적혀 있다.

"이건 무슨 뜻이에요?"

"새끼들 이름."

통마다 자식들 이름으로 주인 표시를 해놓았다. '어머니'로 살아온 삶이라는 표지 같아 남의 이름 같게만 느껴지지 않는다. 선주들은 자기 배에 거창한 이름을 붙인다. 해녀들은 자기 그릇에 자식들 이름을 적어 넣는다.

가시에 찔리며 까봐도 모인 성게 알은 얼마 되지 않는다. 성게를 다 까면, 다른 해산물처럼 저울에 올려 무게를 달고 위탁 판매 전표를 받아 간다. 저 통의 무게에 자식들 학비가 달린 것이다. 아직도 뇌신을 먹고 물에 들어가는 해녀가 많다고 한다. 심장마비로 죽고, 물숨을 먹어서 죽은 동료들도 많이 봤다고 한다. 해녀회장인 봉림 아주망은 우도에서 나서 물질을 배웠다. 결혼과 함께 성산으로 나와 물질로 자녀 셋을 키웠다. 그중 하나가 다부지고 야무지고 똑부러지는 수산초 학부모회 부회장 미정 씨다.

이 어촌계에는 32명이 해녀로 등록돼 있다. 가장 고참인 김정순 해녀는 여든이 넘은 뒤로 나이도 모르고 산다고 한다. 가장 젊은 해녀라 봐야 50대 중반의 '막둥이 해녀' 강복순 씨다. 복순 아주망부터 정순 할망까지, 자식들 이름보다는 해녀분들의 이름을 불러드리고 싶다.

부룽부룽 뒷모습이 경쾌하게 느껴진다.

귤림풍악

"요 형, 나랑 같이 내년에 저거 해보자. 귤밭은 내가 섭외해볼게."

"ㅎㅎㅎㅎ 그래용."

'귤림풍악'을 수진에게 보여주었다.

'귤림풍악'은 1702년 제주 목사로 부임한 이형상이 한 해 동안 제주를 돌며 여러 가지를 기록한 「탐라순력도」에 실린 그림이다.

말 그대로 귤림(橘林)에서 풍악을 즐기는 모습이다. 그림에는 아예 '귤림당'이라는 건물이 등장한다. 귤꽃이 피고 귤이 익어가는 것을 바라보며 풍류를 즐기던 장소이리라.

140년 뒤에 부임한 목사 이원조는 「귤림당중수기(橘林堂重修記)」라는 글을 남겼다. 입추 이후 귤이 노랗게 익어 공무를 보는 틈틈이 산책하면 맑은 향기가 코를 찌르고, 가지에 열매 가득한 나무들을 바라볼 때는 심신이 상쾌해진다는 것이다. 왜 아니겠는가.

그래, 요 형. 내년에는 우리 수산리 귤림에서 풍악을 울려보세나.

클림트

집에 클림트 그림 두 점이 있다. 물론 아트 숍에서 흔히 파는 '상품'이다. 역시나 흔한 「키스」, 그리고 「엄마와 아기」다. 둘 다 황 모 시인으로부터 받은 것으로 그중 「엄마와 아기」는 출산 아니면 돌잔치 선물이었다.

나린이 막 말을 시작했을 때였다. 그림을 가리키며 "엄마, 엄마"라고 했다. 그래서 옆에 있는 아기를 가리키며 "이건 누구야?" 물었더니 '나린'이란다. 그날로부터 클림트의 「엄마와 아기」의 주인공은 엄마와 나린, 「키스」의 주인공은 엄마와 아빠가 되었다. 이후로 지금껏 그런 줄 알고 커왔다. 그런데 서너 해 전쯤의 어느 날이었다. 버스에 「키스」 그림이 붙어 있었다. 아마도 예술의전당 같은 데서 하는 전시 광고였을 것이다. 엄마 그림이 왜 저기 있느냐고 묻는다. 또 언젠가는 카페 화장실 벽면에서 그 그림을 만나기도 했다. "으응, 저 그림을 그린 화가가 되게 유명하거든!" 나린은 의심 없이 그 말을 믿었다.

사실 내가 봐도 조금 닮기는 했다. 약간 각진 턱과 얼굴의 가느다란 선들, 그리고 말랐던 몸과 컬이 강한 긴 머리칼. 남편도 클림트가 그린 유디트를 보고 나를 닮았다고 했다. 좀 그렇지? 그러니 당신도 조심하라고!

"저거 우리 엄마다?"

전시장 입구 벽면에 커다란 걸개 그림 속 유디트를 보고 나린이 친구에게 자랑처럼 말한다. 뭐야, 아직도 그렇게 믿고 있는 거야? 혹시 너도 내가 너한테 그런 것처럼 친구에게 천연덕스레 거짓부렁을 하는 것이냐?

근처에서 열리고 있는 미디어아트 전시 '빛의 벙커: 클림트'를 보러 가서였다. 지난여름 프랑스에서 오리지널전을 보고 왔던 수진과 종수 씨가 추천했던 터라 더욱 보고 싶었던 전시.

사면에서 그림들이 꽃처럼 피어나고 자라나고 스러지고 부서지고 흘러간다. 올해 100주기를 맞은 클림트의 대표작 750여 점을 2500개가 넘는 이미지로 재구성해 벽과 바닥, 천장에 투영하는 미디어아트였다. 벙커 사면 가득 클림트의 그림들이 펼쳐지고, 음악과 빛이 웅장하고 화려하게 흐르는 한 시간 동안 나린과 친구 아인은 흠뻑 빠져들었다. 춤을 추고 뛰어다니며 두 번을 잇따라 보고도 지친 기색이 없다.

그나저나 클림트 그림 속 주인공이 엄마가 아니라는 사실을 어떻게 실토한담.

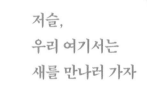

저슬,
우리 여기서는
새를 만나러 가자

까짓

"아니 왜 그걸 입었어. 지저분해 보이는데."

합동 미술 시간에 묻히고 온 아크릴 물감이 빨아도 지워지지 않길래, 집에서나 입으라고 한 옷이었다. 그걸 입고 나갔다 들어왔길래 한 말이었다.

아이는 흐흐 웃으며 대답한다.

"괜찮아, 무늬라고 생각하면 되잖아!"

유치원 다닐 때 원피스에 포도 주스를 흘려 돌아온 적이 있다. 과일 물은 잘 지워지지 않는다. 워낙 많이도 흘려서 얼룩이 심했다. 아이는 주눅이 든 표정으로 내게 미안하다고 했다. 그때 그런 말을 해주었다. "괜찮아. 치마에 무늬가 생겼다고 생각하면 되지, 뭐." 그걸 기억하고 오늘 하는 말이다.

한번은 "우리 딸은 어쩜 이렇게 쉬지도 않고 어지르실까?"

그랬더니 돌아온 대답인즉슨,

"칭찬 고마워."

그거야! 얼룩도 무늬라고 생각하고, 비난도 유머로 넘길 수 있는 여유.

마음에 생긴 얼룩도 그렇게 생각할 수 있다면 좋을 텐데.

다른 사람의 말에도 그렇게 반응할 수 있다면 좋을 텐데.

우리 조금 더 '까짓'을 연습해보자.

까짓,은 실은 나의 방법이다. 나 역시 이른바 소심한 A형(대체 A형이 왜?)의 전형이라 별거 아닌 일에 상처 받고, 그걸 앞에서는 티 못 내고 혼자 삭이다, 마음속에서 쇠똥구리 말똥구리처럼 굴리고 굴리는 재주가 있다. 작은 억울함을 큰 원한으로, 작은 서운함을 큰 분노로, 작은 걱정도 큰 근심으로 키우는 아주 특별한 재주다.

그래서 생각해낸 게 '까짓력'이다. 속으로 '까짓것'이라는 말을 자꾸 해본다. 까짓 비판, 까짓 고생! 나를 무시하는 사람이 있으면 '까짓게'라고 말한다. 금방 나아질 리야 없지만 자꾸 까짓것, 까짓것 하다 보면 진짜 까짓게 되는 날이 올 거야. 비난도 비판도 별거 아닌 것처럼, 대수롭지 않은 것처럼 생각되는 때가 올 거야, 하면서. 이제는 속으로뿐 아니라 입 밖으로도 말한다. 그 까이꺼, 껌이지, 뭐. 까짓게 까불고 있어. 까짓, 내가 져준다!

까짓,은 내가 의연함을 훈련하는 방법, 마음의 근육을 단련하는 방법.

테왁

해녀 작업장 벽에 테왁이 굴처럼 주렁주렁 열려 있다.

두렁박이라고도 불리는 부력 도구. 물질을 나갈 때 이 위에 가슴을 얹는다. 테왁에 의지해 헤엄치며 바다로 나간다. 자리를 잡으면 이것을 바다 위에 띄워두고 물속으로 내려간다. 테왁에는 망사리가 달려 있다. 망사리는 채취한 해산물을 보관하는 그물 바구니. 아무리 물속 깊이 들어가도 테왁을 찾아 테왁을 향해 올라온다. 하늘에서도 테왁을 보면 해녀의 위치를 알 수 있다. 테왁은 지도 없는 바다에서 자기만의 등대이자 이정표이다. 바다에 뜬 가로등이다. 더 이상 숨을 참을 수 없을 때 이 테왁을 껴안고 숨비소리를 내며 숨을 고른다. 파도치는 바다에서, 수심 깊은 삶의 심연에서, 노동하는 생활 터전에서 테왁은 떼려야 뗄 수 없는 생존 도구. 목숨의 동반자이다. 누구에게나 자기만의 테왁이 필요하다. 가끔은 엄마를 테왁으로 삼으렴.

바다로 내려가니 물질을 마치고 소라를 까고 있는 해녀분이 계셨다. 그 곁에 놓인 오리발과 연철과 둥그런 테왁. 바다를 바라보며 쉬고 있다. 수고했다고, 오늘은 바람이 잠잠해서 다행이었다고, 덕분에 소라를 많이 땄다고 서로서로 그러는 것 같다.

수눌음

    요가 강좌를 듣는 복지관에 수눌음 육아 나눔터가 있다. 초등학교 저학년 이하의 어린이와 부모는 누구나 이용할 수 있는 놀이방이자 정보를 나누는 공동육아 공간이다. 지난 2016년부터 시작된 수눌음 육아 나눔터는 제주에서 29곳이 운영되고 있다고 한다. 갑자기 아이를 맡길 데가 마땅치 않은 워킹맘들에게 아주 유용하다.

    수눌음은 '수눌어간다'라는 말의 명사형으로 제주에만 있는 특수한 형태의 품앗이다. 제주의 열악한 농업 환경에 바탕을 둔 문화인데 김매기 같은 농사일은 물론 초가지붕 잇기, 경조사와 같은 집안의 대소사를 이웃의 힘을 빌려 함께 처러내고 다시 이웃에 일손을 빌려주는 것이다. 모나고 제각각이지만 서로가 기대고 맞물려 태풍도 막아내는 제주의 돌담을 닮았다.

12월 9일

아주망 이거 얼마꽈

할머니는 오늘도 보라색 모자를 쓰고 나오셨다. 톳 3천 원어치를 샀다. 국 끓여 먹으라고 시래기 데친 걸 한 덩이 주신다. 주신 것만도 3천 원은 넘을 것 같다. 시댁에서 김장을 보내주기 전에는 여기서 할머니가 담근 김치를 사다 먹었다. 직접 기르신 무, 배추, 고춧가루로 만드신다고 한다. 참기름과 참깨도 이제는 여기서 산다. 엄청 꼬숩고 싸다. 할머니는 자꾸 집으로 한번 놀러 오라고 하신다.

먹다 만 자장면이 한구석에서 불고 있다. 작은 돔 한 바구니를 샀다. 열두 마리다. 명승수산 자매들이 알아보고 바닷장어 두 마리를 덤으로 넣어준다. 덤이 더 미안해서(는 핑계고 내 눈치 보느라 못 사고 있다가) 남편은 돌낙지 한 마리를 더 산다. 자매님들이 내일은 세화장으로 가니 시간 되면 구경 오라고 한다.

칼날 끝에서 불꽃이 튄다. 늙은 헤파이스토스가 꾸부정히 앉아서 칼을 간다. 나린은 대장간 앞에서 한참을 서 있다. '동부 철공소'는 이제 쉽게 볼 수 없는 대장간. 직접 만든 칼과 농기구를 파신다. 이사 왔을 때 이 오일장에서 처음 산 것도 회칼이었다. 이 대장간과 대장장이를 얼마나 더 볼 수 있을까.

귤 따기

엄청 큰 통에 귤을 느는 게 신나고 따는 재미가 있다. 사람들이 각자 다른 것처럼 귤도 다 달랐다. 큰 것도 있고 작은 것도 있고 매끈매끈한 것도 있고 울퉁불퉁한 것도 있었다.

오늘 나린은 일기에 이렇게 썼다. 귤을 땄다. 나린도 장갑을 끼고 가위를 들고 나섰다. 금세 컨테이너 하나가 가득 채워졌다. 하나하나 다 다르지만 하나같이 다 맛있다. 육지의 지인들에게 선물로 부쳤다.

다람쥐처럼

오늘은 왠지 기분이 좋지 않은 날이라고 한다. 나쁜 것들만 생각난다고. 나린의 기분을 누그러뜨려 주려고 오늘은 책을 읽어주기로 한다. 언젠가 앞부분을 읽다가 만 『별의 눈』을 다시 폈다.

엄마 눈을 보면 엄마가 무슨 생각을 하는지 알 수 있다던 나린의 말이 생각나서 "그럼 나린이가 별의 눈이었어?" 장난스러운 말들로 기분을 맞춰주었다. 마음이 한결 풀어진 것 같길래 책을 덮고 나린 쪽으로 누웠다. 다람쥐 이야기를 들려주었다.

"다람쥐들이 가을이 오면 도토리를 주워다 모으잖아, 근데 다람쥐들은 건망증이 심하대."

"건망증이 뭐야?"

"응, 엄마처럼 깜빡깜빡 잘 잊어버리는 거. 겨울에 먹으려고 도토리를 잔뜩 주워다 땅속에 여기저기 숨겨두는데 건망증 때문에 자기가 어디다가 묻어두었는지를 까먹는다는 거야. 다람쥐가 땅속에 숨기고 잊어버린 도토리는 어떻게 될까?"

"토끼가 먹나?"

"토끼도 도토리 먹나? 아무튼! 봄이 되면 그 도토리에서 싹이 나는 거야. 그 싹들이 자라서 참나무가 되고 숲이 우거지는 거야. 만약에 다람쥐가 머리가 좋아서 어디다 묻었는지를 전부 기억하면 도토리나무가 자랄 수 있을까?"

"아니."

"그러니까 잊어버리는 것도 필요한 거야. 특히 나쁜 일은 마음속 깊은 곳에다가 묻어두고 까맣게 잊어버리면 그 나쁜 경험도 나중에 좋은 걸로 바뀔 수도 있어. 상수리나무처럼."

"노력해볼게."

오늘 밤 너의 잠 속에 도토리를 까맣게 묻어두고 깨어나길.

큰 새가 뜨면

저 희고 늘씬한 새는 백로일까? 물에 점점이 둥둥 떠서 조는 저 작은 새들은 오리일까, 물닭일까.

하지만 이곳에 큰 새가 날아오면 이 작은 새들은 아마도 떠나겠지.

제2공항이 건설되면 여기 하도리, 오조리 철새들은 소음으로 극심한 스트레스를 겪을 것이다. 비행기와 새가 충돌하면서 발생할 수 있는 대형 사고의 위험도 간과할 수 없다. 수산1리 비상대책위원회는 이미 이런 위험을 지적한 서한을 3년 전에 보냈다고 한다. 그 답장이 비자림로 확장 공사인가. 비행기의 이착륙이나 저공비행 중에 일어나는 항공기 사고인 이 '버드 스트라이크' 때문에 국제항공기구에서도 공항은 철새 도래지와 7.5km 이상의 거리를 두어야 한다고 규정하고 있다. 하도리 철새 도래지와 제2공항은 7.5km 이내에 있다. 하지만 국토부는 8.7km로 자료를 왜곡해 비판받고 있다.

철새뿐이 아니다. 제2공항으로 깎여나갈 오름은 10개. 설문대할망이 한라산을 만들 때 구멍 난 치마 사이로 샌 흙들이 오름이 되었다지. 창조 설화에도 등장시켜 신성시했을 정도로 제주인들이 생태적 가치를 인정해온 오름들이 사라진다. 아뜩하다.

오름뿐이 아니다. 동굴들은 몇 개나 되는지조차 제대로 면밀한 조사가 이뤄지지 않았다. 만약 비행기가 착륙할 때 동굴이 무너진다면? 섬뜩하다.

동굴뿐이 아니다. 제2공항 활주로 북단에서 초등학교까지는 불과 1.1km밖에 되지 않는다고 한다. 운동장에서 뛰어노는 아이들의 머리 위로 굉음과 함께 비행기가 뜨고 내린다면? 끔찍하다.

그리고 지금 여기 엄연히 살고 있는 주민들과 이 모든 생명을 외면하는, 이익에 눈먼 이들의 탐욕. 섬찟하다.

여배우는 오늘도

처음엔 차 한잔만 하려고 했지. 그런데 점심을 놓치고 왔다지 뭐야. 늦은 점심을 먹었지. 그런데 누가 먼저 그랬더라, 밥을 먹고는 입가심으로 맥주 한잔만! 하자고. 맥주를 한잔하고는 누가 먼저 말했더라, 소주 한잔만 더! 하자고. 소주 한잔을 더 하자, 누가 먼저랄 것 없이 소주 딱 한 병만 더! (이하 생략) 수다 떨다 정신 차려보니 이렇게 됐네. 1시가 넘어서야 헤어지며 우리는 서로에게 취중 당부를 잊지 않았다.

'술이라도 줄여요!'

문소리 씨를 처음 만난 건 10년 전 내가 작가로 일하던 방송 프로그램에서였다. 그 후로 징검돌처럼 이어져오던 만남들이 이제 우정이라거나 연대감이라고 부를 수 있을 만큼 다져졌다. 같은 시대에 청춘을 통과해 결혼과 출산과 육아, 그리고 자기 일에 대해 겪는 여성으로서의 비슷한(거의 똑같은) 경험과 고민 들이 일종의 동지적 유대를 만들어준 것 같다. 특히 두 달 사이를 두고 태어난 동갑내기 딸들의 엄마라는 교집합이 강력 접착제이긴 하지만 우리를 이어주는 신뢰의 바탕은 따로 있다는 생각이 든다. 그건 서로 자신의 작품으로 안부를 전하는 사이라는 점. 말하자면 대한민국에서 40대 여성이 아이를 키우면서 자기 작업을 해나가는 일의 고군분투와 물밑 갈퀴질을 말하지 않아도 서로 이해하기 때문. 더구나 그가 육아의 와중에 연출한 영화 「여배우는 오늘도」를 보고 난 후, 나는 이 강하고 지혜롭고 아름다운 자매님을 더 좋아하고 깊이 응원하게 되었다. 술 마셔서 하는 말은 아니다.

300번의 우정

오랜만에 완전체로 한자리에서 만난 우리는 부쩍 눈에 띄는 서로의 흰머리에 대해 소리 높여 이야기했다. 서로 걱정해주는 것 같지만 요는 자기 흰머리가 더 많다는 것. (아니 그게 무슨 자랑이라고!)

　- 그림자: 난 이제 염색하는 것도 포기했어. 그냥 이러고 살려고.
　- 신임자: 염색 안 한 게 그 정도라고? 양호하네. 난 염색 안 하면 반백이야.
　- 흑임자: 시인이라 글을 많이 안 쓰나봐. 생각을 많이 하면 머리가 센다던데. 허 작가, 너무 생각 없이 사는 거 아니야?
　- 적임자: (염화시중의 미소로 그러는 우리를 가만히 지켜보고만 있다. 그의 온화한 미소는 이렇게 말하고 있다. '이것들이 지금 번데기 앞에서 주름 잡나.')

이제 우리는 방송 중에도 심중을 조금은 읽을 수 있게 되었다. 눈빛으로도 의사를 읽을 수 있게 되었다. 우연하게도 미리 써 간 오프닝에는 이런 구절이 있었다.

"우리들은 서로의 이마와 눈가에 늘어가는 흰머리와 주름살을 조금은 애틋한 마음으로 바라보게 되었습니다."

팟캐스트 빨간책방 300회 특집 공개방송을 했다.

제 상처를 만지작거리는 일

"몇 주씩 방에 갇혀서 힘들게 소설을 쓰는 것은 말하자면 상처를 만지작거리는 것입니다. (…) 책을 쓰는 행동은 그 상처를 어루만지는 것입니다."°

자기 상처를 만지작거리는 것. 노벨문학상을 받은 소설가 가즈오 이시구로의 말이다.

내가 나의 상처를 알아주는 것. 글쓰기의 효용이 있다면 이런 것 같다. 시를 쓰면서 내 어린 시절의 상처가 얼마나 나를 따라다녔는지, 지금 내 삶에 어떻게 개입하고 있는지, 나를 조금 더 이해하게 되었다. 첫 시집은 특히 그렇다. "혀는 자꾸만 상처를 맛보러 간다." 첫 시집 '시인의 말'에 실려 있는 문장이다.

글쓰기란 무엇보다 제 상처를 만지작거리는 일. 아물지 않은 딱지를 떼어 또다시 피를 보고 새로 피딱지가 앉으면 그 도톰하고 딱딱한 것을 만져보다 기어이 또 뜯고, 마침내 얇고 하얀 껍질까지 떼어내 다 아문 뒤에는 맨질해진 상처 자리를 제 손으로 만져 그 감촉을 즐기는 일.

제 상처에 대한 변태적 애호. 글쓰기는 사실 그런 변태적인 행위이다. 그런데 제 상처를 가지고 노는 일, 상처를 어루만지는 행위가 결국엔 타인의 상처까지도 어루만지게 된다는 건, 생각해보면 얼마나 신비로운 일인지. 그래서 고대 그리스 테베 도서관에는 '영혼을 치유하는 장소'란 구절이 새겨져 있었던 것이겠지. 스위스 상트 갈렌 수도원 도서관에도 '영혼의 약국'이란 글귀가 있는 거겠지.

글을 쓴다는 건 일차적으로 자신을 치료하는 행위, 나아가 그것을 읽는 사람을 치유할 수도 있는 일. 치유까지는 아니더라도, 호— 하고 불어주는 행위 정도는 될 수 있을 것이다.

그 시작이 나는 일기라고 생각한다. 일기 중에서도 그림일기. 글과 그림 모두 심리치료의 기능을 한다. 그림일기는 그러니까 곱절의 효력을 가진 치료 도구인 셈.

나린은 사소한 일에 상처를 잘 받고, 친구들의 부당함을 그냥 보아넘기거나 받아넘기지 못하는 성격이다. 그렇게 속상하고 화가 나면 차라리 같이 말대꾸를 해주거나 대들기라도 하라고 하자 "생각해봐, 엄마라면 그럴 수 있겠어?"라고 반문한다. 혹은 자기도 그러고 싶지만, 그렇게 하면 그 친구가 또 속상할까봐 못하겠다고 하는 아이. 마음속에 눌러 담고 있다가 현관문을 열고 들어올 때나 자기 전에 후둑, 터뜨리는 나린은 내게 너무 어려운 숙제이다.

다만, 우선은, 그런 일을 일기로 쓰라고 말해주었다. 일기장은 귀가 이만큼이나 커서 너의 이야기를 다 들어준다고. 대나무숲이라고. 일기장한테 말하고 나면 마음이 조금 괜찮아진다고. 일기장이 네 마음의 상처를 알아준다고. 한 번으로 안 괜찮아지면 같은 이야기를 두 번, 세 번, 또 써도 된다고.

그랬더니 요즘 나린 일기장이 성토의 장이 되었다. 친구들 때문에 화

났던 일, 속상했던 일을 시리즈처럼 쓰더니 오늘의 대상은 선생님이다. 고주희 선생님께 서운했던 일, 억울했던 일을 두 페이지에 걸쳐서 구구절절 쓴 거다. 매일 코믹 웹툰처럼 웃기기만 하던 일기가 갑작스럽게 심각해서 선생님도 조금 놀라셨을 것 같다. 하지만 덕분에 선생님은 본의 아니게 나린을 속상하게 했(다고 나린이 오해했)던 일을 깨닫고 절절한 사과의 편지를 써주셨다.

선생님이 나린이한테 화내서 나린이가 분하고 서운하고 억울했구나. (…) 선생님은 그때 나린이 기분까지 생각 못 하고 민지가 북을 들고 무거워하는 것만 생각했나봐. 선생님이 웃지 않는 표정으로 너에게 말한 것이 화낸 것처럼 느껴졌다면 정말 미안해. 게다가 네가 그걸 생각할 때마다 눈물이 난다고 하니 그동안 얼마나 속이 상했니. 그래도 한편으로는 나린이가 용기 내어 일기에 적어줘서 고마운 마음이 든다. 선생님한테 사과할 수 있는 기회를 줘서 고마워. 언제든 나린이가 용서할 수 있을 때 용서해주렴. 그때까지 선생님은 좀 더 우리 반 친구 모두의 마음을 생각하며 말하는 연습을 할게.

일기장 한 페이지에 빼곡한 답장을 받은 나린에게 물었다,
"선생님 용서해드렸어?"
"그럼! 마음이 사르르 다 녹았어."

° 엘리너 와크텔 『작가라는 사람 1』, 허진 옮김, 엑스북스 2017.

크리스마스 이브

외식을 했다. 크리스마스 이브니까. 오늘의 레스토랑은 수산리 최고의 맛과 '써비스'를 자랑하는 '면맛에입맛이좋아' 되시겠다. 한살림에 주문해두었던 고구마케이크를 가져갔다. 나린은 카드를 준비했다. "국숫집 이모, 삼촌. 맛있는 국수 해주셔서 감사합니다. 그리고 언제나 친절하게 말해줘서 감사합니다." 카드에 김이 모락모락 나는 국수를 그렸다. 달이 환했다.

생일 축하합니다, 생일 축하합니다, 사랑하는 예수님. 외롭고 높고 쓸쓸한 자들을 위해 낮은 곳으로 임하신 아기 예수의 탄생을 축하하며 생일 축하 노래를 불렀다.

건너편 길가 집에서 '노엘 노엘' 찬송가 소리가 들려왔다. 교인들이 신도들의 집을 돌면서 드리는 성탄 예배인 것 같았다. 열린 문틈으로 반짝이는 트리도 보인다. 싸우는 소리가 자주 들리곤 하던 집이다. 그래, 오늘은 고요한 밤, 거룩한 밤이니까. 그 집 옆뜰의 하귤도 오늘은 트리의 전구처럼 따뜻해 보인다.

눈발 속에

제주 온 이래 처음 눈다운 눈이 내렸다.
눈발 속에 부음을 들었다.
봄여름가을겨울의 드러머 전태관 씨가 떠났다.
눈 탓이겠지, 종일 이 노래가 떠나지 않았다

　떨치려 애를 써도 텅 빈 가슴 언제나 겨울
　우린 서로 기댈 곳이 필요해
　세상은 너무도 외로운 곳이잖아
　다시 떠난다는 말은 말아줘
　힘겨운 나를 위해 곁에 있어줘

　　　　　　　　　　　　— 봄여름가을겨울 「언제나 겨울」 중

일출봉에 해 떴거든!

일출봉에 해 뜨거든 날 불러주오.

일출봉에 새 해가 떴다. (떴을 것이다.) 영주10경 중 제1경이 성산 일출이라는데, 일출봉을 코앞에 둔 마을에 살면서도 일출봉에 올라서 일출 한번 보지 못했다는 사실이 새로 깨우쳐지는 새해다.

아, 한 번 보긴 했다. 일출봉은 아니고 옥상에서였다. 새벽까지 술 마시다가, 술 마시며 부부싸움 하다가였다. 그때 우리는 뭣 때문인지도 기억나지 않는 그런 대수롭지 않은 걸로 새벽 5시가 넘도록 침을 튀기고 있었는데, 뭔가 화— 하는 느낌으로 창이 화—ㄴ해지는 것이었다. 엇! 하고 내다보니 달력에서 보았던 장엄한 일출 장면이 막 연출되고 있는 찰나였다. 그래서 "여보, 잠깐만!" 휴전을 하고 같이 일출을 보았다. 그리고 해가 다 떠오른 것을 핑계로 (닭은 이미 울었고, 다른 집에서는 사람 소리, 일하러 나가는 소리, 시동 거는 소리가 들려왔으므로 민망하기도 하고 피로해지기도 해서) 싸움을 흐지부지 마무리하고 자러 들어갔던 기억.

아무튼 그렇게 본 해돋이가 전부인지라 올해는 서귀포 시민, 성산 읍민으로서 제대로 한번 일출봉 일출을 보아야겠다고 지금 막 새해 결심 하나를 생각해냈다.

겨울 억새의 맛이란 이런 거구나. 신이 그어놓은 간결한 펜 선들. 일출봉에 올라 뜨는 해를 보는 대신 아끈다랑쉬오름에 올라 지는 해를 보았다. 첫 일몰을 보면서, 특별히 새해 계획 뭐 그런 거는 없고 그냥 술이나 좀 줄이자. 그런 생각을 잠깐 했던 것도 같다.

수료

나린이는 일기를 꾸준히 쓰며 하루 동안 있었던 일을 자신의 시선대로 정리하는 능력이 탁월합니다. 친구들과 재미있는 이야기를 나누며 학년 초에 비해 웃음이 많아졌습니다. 반 친구들과 협동하며 과제를 해결할 때 창의적인 아이디어를 잘 제안하고 자연 지킴이 역할을 맡아 교실의 에너지 절약을 위해 노력하는 모습을 보이며 반의 모범이 되고 있습니다. 이러한 나린이의 행동은 학급에 긍정적인 영향을 주며 나린이와 반 친구들이 성장하는 데에 큰 밑거름이 됩니다.

수료식과 함께 겨울방학이 시작되었다. 오늘로 1학년 끝. 생활통지표에 따르면 나린은 학년 초에 비해 웃음이 많아졌다고 한다. 다른 것보다 그게 마음이 놓인다.

헌 이 줄게, 새 이 다오

나린의 일곱 번째 이를 뺐다. 내가 아니고 엄마가. 외할머니 손에 뽑히려고 비행기 타고 온 이 되시겠다. 의사한테도, 엄마한테도 맡겨봤지만 역시 할머니가 제일 안심이 되는가 보다. 파주까지 흔들리는 이를 모시고 왔다. 과연 외할머니는 나린 표현에 따르면 "뺀 줄도 모르게 쏙!" 뺐다. 할머니는 치과를 차려도 되겠다 한다. 그러고 보니 첫 이도 외할머니가 뽑았다. 신생아 시절 처음 손톱을 깎을 때처럼 첫 이를 뽑는 일도 내겐 사실 조금 무서웠다. 하지만 자식 넷에 손자만 해도 벌써 세 번째인 숙달된 조교, 베테랑 발치의이신 정 여사님은 잇몸조차 눈치채지 못할 정도로 순식간에 쏙, 뺐다. 그 뒤로 나린은 엄마, 아빠에게 맡기기는 불안하고 치과에 가는 것도 무섭지만 외할머니라면 안심이란다. 오늘도 이빨 요정은 머리맡에 2천 원을 놓고 가셨다.

처음 유치를 뺐을 때가 기억난다. 작고 앙증맞은 아랫니 두 개가 귀엽고도 애틋해 손바닥 위에 올려두고 한참 보았던 날. 내 어지러운 손금 위를 흘러가는 흰 꽃잎 같던 내 아이의 첫 이. 저 이로 젖꼭지를 깨물었다. 내가 아야! 하고 소리를 지르니 나린도 놀라서 뱉듯이 젖꼭지를 입에서 떼고 나를 똥그랗게 올려다보았다. 저 이로 사과와 딸기를 베어 먹었다. 과육에 남아 있던 작은 톱니 자국. 저 이로 족발을 뜯고 저

이로 세상의 여러 맛을 알아갔지.

'두껍아, 두껍아, 헌 이 줄게, 새 이 다오.'

어릴 때 이가 빠지면 이렇게 말하며 지붕 위로 던지곤 했다. 그러고 나면 무언가 허전함 같은 것이 희미하게 손에 남곤 했었다. 그 허전함 때문이었을 것이다. 이가 있던 자리를 혀로 자꾸만 더듬곤 하던 건. 그건 아마 생애 처음 몸이 감각한 상실의 느낌이 아니었을까. 그런데 그 비릿한 살의 맛은 또 이상한 쾌감을 주기도 했다. 어쩌면 그건 삶의 맛. 무언가 없어진 자리의 상처를 혀로 맛보면서 그렇게 유년이라는 한 시절을 떠나보내는 거겠지.

처음 구강 검진을 가서 엑스레이로 찍은 치아들을 보았을 때의 놀라움도 생각난다. 스무 개의 유치 아래 그보다 좀 더 큰 옥수수 알 같은 것들이 올망졸망 숨어 있는 것이었다. 유치가 빠지면 그 자리를 채우게 될 영구치들이라고 했다. 줄지어 출동 대기 중인 그 모습이 어쩌나 귀엽고 신기하고 기특하던지 자꾸만 웃음이 났다. 운동회 날이 떠올랐다. 이어달리기를 할 때, 저기서 뛰어오는 주자를 기다리며 바통을 받으려 팔은 뒤로 뻗고 벌써 조금씩 앞으로 나가던 긴장한 얼굴. 꼭 쥔 그 작은 주먹.

그러다 가슴 어딘가가 몰래 아려왔던가. 저 유치들이 모두 빠지고 나면 너는 더 이상 어린아이가 아니게 되겠지. 가슴이 부풀기 시작하고, 하나둘 비밀이 생겨나겠지. 소녀가 되겠지.

무언가 없어진 자리의 상처를 혀로 맛보면서
그렇게 유년이라는 한 시절을 떠나보내는 거겠지.

무어라 부를까, 이런 기분은

"십년 넘게 기르던 개가/돌아오지 않았을 때/나는 저무는 태양 속에 있었고/목이 마른 채로 한없는 길을 걸었다/그때부터 그 기분을 싱고, 라 불렀다."°

신미나 시인의 「싱고」란 시에 나오는 구절이다.

그 기분. 이제 다시 볼 수 없겠구나, 하는 상실감과 목마름. 왜 그렇게 떠난 거니, 하는 원망과 서러움. 그리고 벌써 당도한 그리움과 외로움까지, 그 모든 감정들이 섞인 기분. 그렇지만 꼭 그것만은 아닌 기분을 시인은 '싱고'라고 부르기로 한다.

'누군가 올 것 같아서 괜히 문밖을 서성이는 상태'를 이누이트들은 '익트수아르포크'(Iktsuarpok)라고 부른다고 한다. 러시아어로 '라즐리우비트'(Razliubit)란 단어는 '사랑의 단꿈에서 깨어났을 때의 달콤 쌉싸래한 기분' 표현하는 말이라고 한다. 오늘 너의 기분은 무어라고 이름 붙이면 좋을까?

"아빠가 아빠 같지가 않아. 이 차도 우리 차 같지가 않아."

집으로 돌아가던 저녁 6시쯤 차 안에서였다. 바퀴를 점검하려고 카센터에 들렀을 때였다. 문득 내다본 세상은 막 푸른빛 속에 잠겨가고,

차창 밖에 서 있는 아빠가 갑자기 낯설어 보인다. 늘 타던 차인데도 무언가 전혀 다르게 느껴진다. 그런 느낌을 알 것 같다.

일곱 살쯤이었나. 잠 깨어 마루에 나와 앉아 있던 어느 푸른 새벽이었다. '더 자야지 왜 벌써 깼어.' 하는 엄마의 말이 먼 데서 오는 것처럼, 아니 먼 데로 사라지는 것처럼 들리고, 푸른 새벽 기운에 잠긴 나무들이 살아서 한 걸음 뒤로 물러나거나 걸어올 것처럼 느껴지고, 세상에 홀로 남겨진 것 같은 고독감이나 쓸쓸함 같은 느낌인데 딱히 그런 하나의 단어로 규정할 수 없는, 울 것 같지만 눈물은 나오지 않을 것 같은 기분에 사로잡혀서 나는 한참을 그 새벽 마루에 앉아 있었다. 아니 실은 아주 잠깐이었는데 내가 한참이라고 느꼈던 것인지도 모른다. 갑자기 시간 감각도 달라진 느낌이었으니까.

그게 내가 기억하는 최초의 시적인 순간이었다. 어른이 되어서도 그와 비슷한 느낌에 사로잡힐 때가 드물게 있었다. 그건 대부분 새벽이거나 저녁, 낮과 밤, 빛과 어둠, 잠과 현실의 경계 지대에서일 때가 많다. 한낮에 빈집에서 혼자 깨어났을 때나 저물녘에 문득 울 것 같은 기분도 그렇다. 그걸 시로도 표현해보려고 애썼지만 완벽하게 잘 되지 않는다.

오늘 너도 그런 게 아니었을까.

내 일곱 살의 새벽처럼, 낯설고 이상하게 슬픈 듯 외로운 기분이 느껴질 때.

슬픈 천사가 찾아오는 순간, 찾아와 내 어깨에 기대는 순간.

그런 기분의 이름을 발명해보자.

이런 기분은 또 무어라고 부를까.

창문에 비친 내 모습이 타인처럼 낯설게 느껴지는 어느 순간.

혹은 나린이 가끔 말하는 대로 외할머니가 갑자기 보고 싶어 눈물이 나는 밤의 기분.

그런 기분들도 어쩌면 너만의 이름으로 불리길 기다리는 건 아닐까.

° 신미나 『싱고,라고 불렀다』, 창비 2014.

시간 위를 춤추듯

광치기 해변에 갔다가 마침 썰물 때여서 일제 동굴 진지가 있는 해안까지 걸어가 보았다. 동굴 진지는 일본군이 연합군에 맞서기 위해 판 것으로 특히 신요를 보관하기 위한 격납고로 구축되었다고 한다. 신요는 자살 폭파 공격을 하기 위한 수상 병기라고 한다. 이렇게 제주 곳곳에 있는 격납고와 진지 들을 만든 게 1945년이라고 한다. 만약 일본의 패전이 조금 더 늦었더라면, 제주는 연합군과 일본의 전쟁터가 되었을 것이다. 지금의 아름다움도 남아 있지 못했을지 모른다.

썰물 때면, 이 동굴 진지가 있는 해안 절벽을 따라 멀리까지 걸어가 볼 수 있다. 성산 오조, 고성 일대는 제주 지질 트레일 구간 가운데 하나. 화산이 폭발할 당시 흐르다 식은 용암이 드넓은 암반으로 굳어 잠겨 있다가 물이 빠질 때면 드러난다.

바다는 태초부터 이렇게 철썩이고, 달은 태초부터 바다를 끌어당기고, 180만 년 전부터 지구가 토해낸 뜨거운 마그마는 그때부터 이 자리에 있다. 겹겹의 밀푀유처럼 켜켜이 쌓인 시간 위에 이제 인간의 시간으로 여덟 해를 산 사람이 올라서 있다. 100년도 살다 가지 못할 우리. 너는 지금 시간을 밟고 서 있는 것이다.

바위 해변 자갈돌 위를 나린은 잘 걷지 못한다. 한 돌을 밟고 서서 균

형을 잡은 뒤, 다른 돌을 밟으려 점프를 하고, 다시 거기 두 발을 모아선 뒤 다음 돌로 건너가는 동작이 연신 기우뚱 흔들린다. 나는 나린 앞에서 시범을 보여주었다. 발레를 하듯이, 손가락으로 피아노 건반을 누르듯이 한 발씩 가볍게 뛰어보라고. 100년도 살지 못하는 우리는 그대, 이렇게. 시간의 징검돌 위를 춤추듯, 연주하듯.

마음을 쓰다

"엄마, 나 이모한테 뭐 사줘도 돼? 내 용돈으로."

"그럼, 네 돈인데 뭐."

소연이 와서 함께 저녁을 먹었다. 소연이 묵고 있는 호텔까지 데려다주는데 나린이 이모한테 뭘 사주고 싶다고 편의점에 가자고 한다. 소연이 나린에게 잘 맞춰주고 재미있게 놀아줘서 그런 마음이 들었나보다. 뭘 사주고 싶은 마음. 자기 용돈을 헐어 뭔가를 선물하고 싶은 마음. 소연은 1+1 하는 소시지를 골라서 나린에게 하나를 주었다.

"엄마, 내 돈 좀 써도 돼."

며칠 전 서울에 갔을 때였다. 제이 언니 생일이라 꽃집에 들어갔다.

"무슨 꽃이 그렇게 비싸요?"

가격이 너무 높아 망설이고 있었다. 꽃집 주인은 요즘엔 졸업식을 1월에 하다 보니 요맘때가 딱 졸업 시즌이라 비싸다고 한다. 생각한 금액으로는 꽃이 너무 적고 그냥 나오자니 또 미안해서 이것저것 물어보며 고민하고 있으니까 나린이 조용히 내게 와서 말한다.

"엄마, 내 돈 좀 써도 돼."

"그래? 얼마나?"

"음…… 5천 원? 너무 적은가?"

"아니야, 충분해."

나는 사양하지 않았다. 제 깐엔 큰돈이다. 그 얘길 언니에게 해주었다. 그걸 듣고 있는 나린의 얼굴에 보람과 자랑, 뿌듯함 같은 게 비치는 걸 나는 보았다.

며칠 후 내려오는 공항에서였다. 지혜 언니와 언니의 딸 수린을 만나는 자리. 언니와 내가 한참 수다를 떨고 있는데 나린이 슬그머니 일어나 수린 옆으로 간다. 자기 실바니안 인형 두 개를 언니 앞 테이블에 놓는다. 주는 거란다. 나린이 만나자마자 자랑삼아 늘어놓은 인형들을 보면서 수린도 어렸을 때 갖고 싶었지만 너무 비싸서 못 샀던 이야기를 나누었는데 그게 마음에 걸렸었나보다. 수린이 눈이 똥그래져서 이거 나린이 제일 아끼는 거 아니냐고 정색했지만 나린은 괜찮다고, 또 있다고 재차 내민다. 그래서 하나만 선물로 받는 걸로 정리를 했다.

그렇게 끔찍이 아끼는 실바니안을, 엄마한테도 절대 안 주는 실바니안을, 그거 하나 받으려고 그렇게도 비굴하던 네가, 얼굴도 기억나지 않을 정도로 오랜만에 본 수린 언니한테, 선뜻 주다니 나도 조금 놀랐다. 놀랐고, 대견했다.

그날 저녁, 언니가 메시지를 보내왔다.

"나린이 마음 쓰는 거 넘 이쁘다."

그래, 맞아, 너는 돈을 쓴 게 아니라 마음을 쓴 거야. 마음을 쓰자. 함박눈처럼 펑펑 쓰자.

당근이지!

어떤 놈은 다리가 둘, 어떤 건 셋, 어떤 건 다리를 꼬고 있고 어떤 건 깡통처럼 몽땅하고, 어떤 건 무만큼이나 크다. 세화 쪽을 지나다가 밭에 버려진 당근 무더기를 보았다. 한아름 주워 차에 실었다. 파치들이다.

파치. '깨뜨릴 파'(破)에 의존명사 '치'가 결합된 단어. 깨지거나 흠이 나서, 못생겨서, 혹은 기준보다 크거나 작아서 상품 가치가 떨어지는 과일이나 채소를 부르는 말. 선과되지 못한, 그러니까 선택되지 못한 자격 미달의 존재랄까.

겨울 제주 여행을 해본 사람들이라면 느낄 것이다. 제주의 웬만한 밥집에서 흔하고 후한 게 바로 귤 인심. 입구에 귤을 상자째 두고서 손님들이 마음껏 가져가거나 먹게 해주는 귤들도 파치다.

그런데 파치가 더 맛있다는 게 제주 사람들이 또 흔히 하는 말이다. 주근깨 같은 까만 점들이 박혀 있거나, 작고 볼품없는 그 파치들이 더 달고 향이 진하다는 것. 못난 것들에 대한 '말 인심'이겠거니 싶었지만 커피도 마찬가지라고 한다.

얼마 전 책방 무사에서 커피를 마실 때였다. 직접 로스팅도 하는 서민규 작가님이 들려준 이야기다. 흠집 없고, 깨지지 않고, 크기가 일정한 원두만을 골라내고 난 뒤 그 나머지들, 자투리들을 모아서 볶은 커피가 더 풍부한 향과 깊이를 갖는 경우가 많다는 것이다.

평균적이고 획일적인 기준, 겉으로 보이는 색깔과 모양, 상품성 판단
하는 시대라서 더 그렇겠지. '파치'라는 말이, 그리고 파치가 더 맛있다
는 말이 꼭 과일에만 해당되는 이야기는 아니란 생각이 드는 것 말이다.

주워 온 당근을 갈아 주스를 만들었다. 연우네도 나눠주었다. 파치가
더 맛있다는 말, 당근이지요!

눈이 푹푹 나리는 날에

아, 이 반가운 것은 무엇인가/이 히수무레하고 부드럽고 수수하고 심심한
것은 무엇인가/(…)/이 조용한 마을과 이 마을의 으젓한 사람들과 살틀하니
친한 것은 무엇인가/이 그지없이 고담하고 소박한 것은 무엇인가

— 백석「국수」중 °

'면맛에입맛이좋아'에 좋아하는 백석의 시「국수」를 필사해 선물했
다. 도록이 담겨 있던 누런 대봉투를 펴서 거기에 썼다. 특히 이 구절이
우리 마을과 꼭 맞는 것 같았다. "이 조용한 마을과 이 마을의 으젓한
사람들과 살틀하니 친한 것".

다음 겨울엔 여기서 국수에 대한 시를 읽는 낭송회를 열고 싶다.

눈이 푹푹 나리는 날이면 더욱 좋을 것이다.

일주일에 한 번은 국수를 먹으러 간다. 육지 손님이 오면 나린이 꼭
데리고 가는 코스다. 언젠가는 국수를 먹으러 가면서 묻기를,

"면맛에 이모는 진짜 자상해. 면맛에 이모랑 삼촌은 어떻게 그렇게
국수 요리를 잘할까?"

어떻게 그렇게 국수 요리를 잘하느냐 하면,

일단 이곳의 고기국수는 흑돼지를 뼈째 고아서 만든 진한 육수가 일

품이다. 물론 국수 위에 넉넉하게 올라가는 두툼한 고기도. 돼지고기를 즐겨하지 않는 나는 닭국수를 자주 먹는다. 국물은 닭발을 밤새 고아서 만든 것이라 면은 남겨도 이 국물만은 다 먹는다. 멸치국수는 해장으로 아주 그냥 '왔따'이다. 강금실(본명이다) 사장님 귀뜸에 의하면 일곱 가지 갖은 재료를 하룻밤 물에 담갔다가 끓여 멸치 육수를 낸다고 한다. 국수만 있는 것은 아니다. 2천 원밖에 하지 않는 김밥이 또 맛있는데, 김 특유의 비린 냄새 때문에 김밥도 먹지 못하는 조카 고은조차 여기 김밥만은 좋아한다. 이 김밥은 내 도시락이기도 해서 나는 일주일에 사나흘은 여기 들러 김밥 한 줄로 점심을 해결한다. 희한하게 그렇게 자주 먹어도 질리지가 않는다. 아마도 강금실(본명이다)표 특제 소스 때문인 것 같다. 여기서 우리는 가끔 영업 시간을 넘겨가며 막걸리를 마신다. 그럴 땐 늘 김경진 사장님도 함께다. 강금실 사장님의 큰아들이다. 서울에서 번듯한 직장 다니다가 가업을 잇기 위해 귀향했다. 자기가 먹은 술값은 계산에서 칼 같이 빼는 게 경진 씨의 원칙이다. 이곳은 수산리의 괭이갈매기 식당이다.

이동순 엮음 『백석시전집』, 창비 1987.

봄이 오면

"엄마 곧 봄이 온대."

"응?"

"라디오에서 그랬어."

밥을 먹다 말고 뜬금없이, 물어보지도 않는데 봄이 온다는 소식을 알려주는 너.

몇 년 전, 나린이 태어나고 얼마 되지 않았을 때였다. 유난히 추운 집에서, 유난히 추위를 많이 타는 나는 출산 후라 더욱 유난스럽게 기분이 가라앉았고, 둘 다 벌이는 없고, 아이는 있고, 그런 시절이었다.

"봄이 오면 좋아질 거야."

남편의 이 한마디에 눈물이 후둑, 떨어졌었다. 남편이라고 무슨 뾰족한 수나, 이렇다 할 계획을 갖고 한 말은 아니었다. 그저 해보는 말. 그래도 혹시나 하고 해보는 말.

"봄이 오면······."

숨비소리

"엄마, 나도 욕조에서 숨 참는 연습 할래."

광치기 해변을 걷다가 나린이 하는 말. 물질 끝내고 나오는 해녀들을 보고서였다.

올해 여든일곱이신 나의 시어머니에게는 독특한 버릇이 있다. 괜히 한번씩 휘— 휘— 하며 두세 호흡 정도의 다른 숨을 쉬는 것이다. 휘— 라고 썼지만, 그것은 휘—와 호—의 중간 음에 휴—의 느낌이 가미된 소리랄까. 결혼 초기엔 그 특이한 숨쉬기 습관이 신기하고 이상해서 '심폐 기능에 문제가 있으신가.' 걱정도 하고 '어머니, 왜 그렇게 숨을 쉬세요?' 여쭤도 보았지만 어머니는 그저 '몰러!' 그러곤 남 일처럼 웃으셨다. 그러다 한 해 두 해 어머니의 삶의 내력을 읽게 되면서 알게 되었다. 휘파람도 한숨도 심호흡도 아닌, 휘파람이면서 한숨이면서 심호흡인 그 숨소리의 내력을. 어머니는 해녀였다. 제주에서 나서 열두 살부터 물질을 배워 원정 물질을 다니고 완도에 정착해 60년 가까이 물질을 했다. 휘—도 아니고 호—도 아니고 휴—도 아닌 그 소리는 어머니가 바다에서 물질을 할 때 내던 숨비소리였던 것. 물 밖에서도 그 숨비소리는 습관이 되어 자기도 모르게 그런 숨이 쉬어졌던 것. 그것을 알게 된 뒤 나는 이런 짧은 글을 쓰기도 했다.

우리의 삶이라는 것도 해녀들의 물질과 다르지 않지요.

먹을거리를 구하기 위해

검푸른 바다로 자맥질해 들어가야 하는 일.

그 심연에서 더는 버틸 수 없을 때까지 숨을 참는 일.

제 몫의 생활을 꾸려간다는 건 그런 것일 테니까요.

(…)

다시 검푸른 바닷속으로 들어가기 위해 들이는

한 모금의 숨, 한 호흡의 노래.

우리에게도 그것이 절실합니다.

숨비소리란 그저 잠깐의 휴식이나 숨 고르기 정도가 아닌

목숨의 일이기 때문입니다.

그것이 없다면 삶은,

질식해버리고 말 테니까요.

— 『나는, 당신에게만 열리는 책』 중

내게는 詩도 그런 것이었다. 누군가에게도 시가 그런 것이 되어줄 수 있지 않을까. 나의 시가 감히 그런 것이 될 수 있다면, 참 좋겠다.

허은실 『나는, 당신에게만 열리는 책』, 위즈덤하우스 2014.

© 허은주

폭낭

폭낭 너머로 해가 진다.

제주에서는 팽나무를 폭낭이라 부른다. 마을마다 중심부나 교차로에 오래된 팽나무가 있다. 폭낭 아래에는 돌이나 시멘트로 만든 너른 댓돌이 있어서 마을 사람들은 그 그늘 아래서 쉬어 가고, 정보를 나누고, 아이들은 놀이터 삼아 논다. 지금은 웬만한 마을이면 노인 회관과 놀이터가 들어서서 그런 풍경도 옛일이 되어가고 있지만 말이다. 마을 정자나무뿐 아니라 신목(神木)도 폭낭이 많다. 제주 지역에서 자생하는 느릅나무과의 수목이라고 하는데, 그렇다면 제주의 역사와 함께해 온 나무인 셈이다. 폭낭은 '4·3길'의 상징이기도 하다. 4·3길은 제주도가 4·3의 역사를 알리기 위해 만든 유적지 걷기 여행길로, 폭낭을 로고로 삼은 건 제주 땅과 사람을 오랫동안 지킨 정주목처럼 분열된 공동체를 복원한다는 뜻이라고 한다.

우람하고 구불구불한 가지를 하늘로 뻗은 커다란 나무를 보면 정말 정령이 깃들어 있을 것 같다. 하늘을 향해 팔을 들고 기도하는, 혹은 머리를 풀고 곡을 하고 있는.

백주또의 딸들

방학인데 어디 가지도 않고, 추워서 밖에 나가 놀지도 못하는데, 연우 언니도 육지에 가고, 심심해, 심심해! 심심해 돌아가시려는 투덜이 스머프를 모시고 해안 도로를 따라 돌다가 해녀박물관에 들렀다. 할머니가 해녀인 까닭인지 나린은 생각보다 유심히 관람한다. 내게도 기대했던 것보다 규모가 크고 자료도 다양해서 볼만했다. 해녀 공덕비와 해녀 항쟁 이야기가 가장 인상적이었다.

해녀 항쟁은 일제의 어업 수탈에 맞서 해녀들이 주도한 우리나라 최대의 어민 항쟁. 제주의 3대 독립운동 중 하나다. 일제가 잠수 기업을 동원해 전복과 해삼 등 해산물을 남획해가자 해녀들은 제주도 해녀 어업 조합을 설립한다. 하지만 어용조합으로 변질돼 일본인 상인과 결탁해서 생존권을 침해하자 성산포와 하도리, 구좌 일대의 해녀들이 봉기한다. 그렇게 1931년 6월부터 이듬해 1월까지 이어진 시위에 참가한 해녀가 연인원 1만7천여 명, 크고 작은 집회도 238회나 되었다고 한다.

해녀 항쟁은 특히나 여성 집단에서 주도한 대규모 항일운동으로서 의미가 크다. 해녀들만의 강인하고 결속력 있는 공동체 문화가 근간이 아니었을까. 한 가정의 경제 주체로서는 물론, 학교를 세우는 등 마을 공동체의 주체, 제국주의의 착취에 맞서는 주권자로서의 주체가 제주 해녀였다.

해녀들은 제주 신들 가운데 하나인 농경 신 백주또를 닮았다. 백주또는 제주 1만8천 신들의 어머니 격으로 강남천자국 공주였다고 한다. 결혼 상대가 제주도에 있다는 걸 알고 홑몸으로 입도해 소천국과 결혼하는데, 소천국은 아직 음식을 익혀 먹을 줄 모르는 한라산 사냥꾼이었다. 소천국과의 사이에서 아이들을 많이 낳은 백주또는 식솔을 먹여 살리기 위해 남편에게 농사를 가르친다. 그런데 그 남편이란 자가 배가 고프다며 밭 갈던 소를 잡아먹고 그것도 모자라 남의 소까지 잡아먹어 버린다. 그러자 백주또는 아무리 남편이지만 남의 소를 잡아먹은 이와 같이 살 수 없다며 이혼을 요구하고, 이른바 '돌싱'으로 당당히 살아간다.

백주또뿐 아니라 생명의 신 삼승할망, 바람의 신 영등할망 등 제주의 주요 신들은 모두 여성성이 강한 신들이고 자청비, 여산 부인, 가믄장아기 같은 신들 역시 똑똑하고 유능하고 주체적이다. 현명하고 생활력이 강하다. 제주 창조 설화의 주인공 설문대할망은 또 어떤가. 한라산을 깔고 앉으면 한쪽 발이 동쪽 관탈섬에 닿고, 우도는 설문대할망이 빨래판으로 삼던 곳이라고 할 만큼 거대한 존재다. 여자가 남자의 갈비뼈에서 나왔다는 이야기나, 남성 중심 그리스 신화와는 판이하다.

'여성스러운' 객체가 아니라 강인하고 아름다운 주체로서 '여성적'인 제주의 신들은 제주 여성들의 원형 같다.

그리—움

나린이 길게 울었다.

할머니가 보고 싶다고. 할머니 목도 껴안고 싶고 할머니랑 목욕도 하고 싶고 할머니랑 잠도 자고 싶다고.

할머니께 전화를 걸어주었다. 울먹이며 어리광 말투로 통화를 끝내고 결국 터진 울음.

자기를 가장 잘 이해해주는 사람은 할머니라고, 자기가 속상할 때 안아주고 괜찮다고 해주고 위로해주는 사람은 할머니뿐이라고, 할머니를 보고 싶은데 볼 수 없어서 섭섭하고 서운하고 속상하다고 했다. 더 표현하고 싶은데 무슨 말을 해야 할지 모르겠다고 했다. 할머니 얼굴을 생각하면 눈물이 나려고 한다고 했다.

생각하면 눈물이 날 정도로 보고 싶고, 보고 싶은 심정을 표현하고 싶은데 이루 말로 다 전할 수 없는 마음. 어떻게 그렇게 '그리움'을 정확히 표현한 건지.

다음 날 일어나 거울을 보고는

"울지 말걸 그랬어."

"그치만 안 울면 마음이 부어."

"왜?"

"밤새 흐르지 못한 눈물에 마음이 퉁퉁 부어버리니까."

그리우니 마음이 붓지, 그리 우니 눈이 붓지.

좋은 손

"할머니 손은 금손이야!"

설 연휴를 맞아 외할머니 댁을 방문하면서 이번에도 이를 지참하고 상경한 나린. 역시 하나도 안 아프게, 한 방에 쏙 뽑아낸 할머니를 두고 하는 말이다. 정말이지 엄마 손은 금손인 것이 앓는 이도 쏙쏙 빼주고, 아픈 식물도 쑥쑥 키운다.

1년 전, 내가 제주에 내려가면서 버릴까 하다가 그래도 혹시나 해서 맡기고 간 식물들이 여기서는 전혀 다른 종인 것처럼 왕성하게 생육 중이다. 행운목, 아보카도, 아이비 모두 보란 듯이 푸름푸름하게 자라고 있어 분갈이를 또 해야 할 판이다.

"엄마, 손 좀 내밀어봐요."

사진을 찍었다. 이 흉한 걸 뭐 하러 찍느냐고 하면서도 순순히 내어준다.

엄마는 손을 부끄러워했다. 어디 가서 손 내미는 걸 창피해했다. 어릴 때부터 농사를 짓고 흙 묻히고 물 묻히고 똥 묻혀온 갈퀴 같은 손이라고. 뼈마디가 굵고, 힘줄이 투둑투둑 튀어나온 손. 지금도 어린이집에서 청소 일, 주방 일 하느라 마를 시간이 별로 없는 손이다. 금손, 약손이다.

"를리외르의 일은 모두 손으로 하는 거란다. 실의 당김도, 가죽의 부드러움도, 종이 습도도, 재료 선택도 모두 손으로 기억하거라."

뜯어져버린 식물도감을 고치기 위해 를리외르 아저씨를 찾아간 꼬마, 소피에게 아저씨는 이런 말을 들려준다. '를리외르'(relieur)란 '다시 꿰매다' '제본'이란 뜻. 그러니까 를리외르 아저씨는 책을 수선해주는 사람이다. 『나의 를리외르 아저씨』라는 아름다운 그림책엔 책을 고치는 아저씨의 옹이 진 손이 인상적으로 그려져 있다.

책이 뜯어진 것도 소피의 손길 때문이었을 것이다. 오래 지니고, 많이 봐서 손때가 묻었다는 건 그만큼 좋아한다는 뜻. 손의 일은 시간의 일이기도 하다. '손'이란 단어만큼 많은 관용구를 가진 말도 없을 것이다.

아저씨는 마찬가지로 를리외르였던 아버지가 남긴 말을 이제 소피에게 물려준다.

"애야, 좋은 손을 갖도록 해라."

나도 좋은 손을 갖고 싶다.

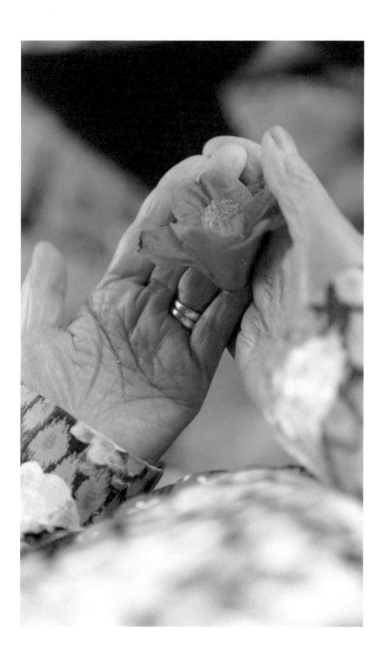

사과

1. 사과 제대로 하기
2. 기분 상하는 농담 안 하기
3. 딸이라고 막 대하지 않기
4. 내거 막 가져가지 말기

내 휴대폰으로 제 아빠에게 이렇게 메시지를 보낸다. 아빠가 평소 정확하게 사과를 하지 않고 흐지부지 어영부영 스리슬쩍 넘어가는 게 불만이었는데 오늘 결정적으로 터졌다. 오랜만에 만난 진우 삼촌이 엄청 비싸고 고급스러운 초콜릿을 사줬는데, 나린이 개시하기도 전에 "아빠 하나 먹어도 되지?" 하고 먹어버린 거다. 그리고 옆에 있던 이모들한테도 나눠주라고 한 거다. 내가 받은 선물인데 왜 나한테 허락도 받기 전에 손을 대고 내 물건에 대해 '이래라저래라' 하는 것이냐! 요지는 이것이다. 나린은 분해서 울음이 터지고 아빠는 또 "내가 이러이러해서 너의 기분이 언짢았구나. 속상했겠다. 내가 이러저러하게 해서 너의 기분을 상하게 해서 미안해. 앞으로는 그러지 않을게."라고 사과하지 않고, '에이, 뭐 그런 걸 가지고 울고 그래.' 하는 식으로 좋게 좋게 넘어가려 한다. 그런 태도에 더욱 화가 난 나린.

나는, 아빠는 깜빡쟁이라 자꾸 까먹으니까 아빠에게 어떤 걸 요구하고 싶은지 글로 써서 보내주라고 했다. 그래서 저렇게 1, 2, 3, 4 조목조목 명쾌하게 정리를 한 것. 아빠는 머쓱해하며 다음부터는 그러지 않겠다고 약속했습니다. 역시 백 마디 말보다 한 줄 글이 더 힘이 센가 보다.

그렇게 제주 사람이 된다

서울에 머문 지 일주일이 넘어간다. 제주가 그립다.

나를 낳고, 내가 낳은

∴ 두 사람

"할머니 그림자도 안 보이네. 할머니 흔적도 없어. 눈곱도 없어."
잠이 묻은 목소리가 풀이 죽었다.

우리가 자고 있을 때 출근해 전화를 걸어온 엄마에게 그 얘길 하자
전화기 저쪽에서 운다.

나린도 속상한 일이 있을 때 외할머니를 떠올리면 설움이 복받치는
지 눈물이 금세 차올라, 밤에는 할머니 얘기를 꺼내지도 말라고 한다.
할머니라는 단어만 들어도 보고 싶어서 눈물이 나려고 한다고. 할머니
를 제주로 모시고 오기 위해 용돈을 모은다고.

서로 생각하면 눈물이 나는 두 존재. 나를 낳고, 내가 낳은.

∴ 쓸쓸한 밤

"엄마, 엄마도 쓸쓸할 때가 있어?"
"응."
"언제?"
"어젯밤."

"왜?"

"새 책이 나와서."

"책이 나왔는데 왜?"

누구는 '산후우울증'이라고 하기도 한다. 온 마음을 쏟았던 글들이 막상 책으로 나왔을 때의 무언가 허탈한 듯 멜랑콜리한 감정을 아이에게 설명할 수가 없어서 "그냥. 안 팔리면 어떡하나 걱정돼서." 하고 얼버무렸다.

"걱정하지 마. 생각하면 더 속상하잖아."

그러면서 자기는 엄마가 먼저 불을 끄면 쓸쓸하다고 한다. 너의 쓸쓸함이란 밤에 혼자 깨어 남겨지는 외로움일까, 두려움일까.

나린 방 불을 꺼주고 나와서 메추리알을 졸이고 쌀을 씻어둔다. 다시 일상으로 돌아왔다. 비로소 아기를 안아보듯 '나의 책'을 들여다본다. 판권 면의 이름들에 눈 맞춘다. 추천사를 다시 읽는다. 글을 받는 일이 얼마나 크고 귀한 선물인지 새삼 깨닫는다. 사람이 가도 문장들은 남을 것이기에. 나의 글들도 누군가에게는 선물이 될 수 있을까. 그런데 왜 쓸쓸하지. 아무래도 제주 막걸리를 마시고 싶어서인가보다.

난센스 퀴즈나 할까?

∴

어, 차가 왜 이러지? 시동이 안 걸린다.

배터리, 에어백 등 계기판 표시등마다 붉은 불이 들어온다. 방전이 됐나보다. 아, 하필!

벌써 11시. 오전까지 읍사무소에 바우처 신청서를 내야 한다. 열흘이나 빠졌던 돌봄교실도 오늘부턴 가야 한다. 남편에게, 보험회사에, 콜택시에 이리저리 전화하느라 정신없는데 나린은 자꾸만 말을 건다.

"나중에 말하면 안 돼? 엄마 지금 정신이 하나도 없단 말이야. 택시도 기다려야 하고."

"그럼 기다리는 동안 난센스 퀴즈나 하자."

이런 와중에 난센스 퀴즈라니! 하도 어이가 없어서 웃음이 났다. 웃음이 나자 긴장이 탁 풀리면서 마음이 여유로워진다.

언젠가 둘이 걸어갈 때 했던 말이 떠올랐다.

"심심한데 얘기나 하면서 갈까?"

욕실에서 말장난을 한 내게 했던 말도 떠올랐다. 실은 너무 짜증 나고 피곤한 날이었다.

"난 엄마가 유머를 잃지 않는 엄마라서 좋아."

그래, 인생 뭐 있어? 심심한데 얘기나 하면서, 기다리는 동안 난센스 퀴즈나 하면서, 방전되면 카카오택시를 부르고, 카카오택시가 안 오면 콜택시를 부르고, 콜택시도 안 오면 노래나 부르고 뭐, 그러다 보면 어떻게 되겠지.

좋아, 퀴즈 내봐.

"도둑이 제일 싫어하는 아이스크림은? (맞혀보세요.)

"그럼 도둑이 제일 좋아하는 아이스크림은? (맞혀보세요.)

"오렌지를 영어로 하면?"

"델몬트."

"땡! 썬키스트야."

∴

어느 날엔가는

"너무 슬퍼서 주먹도 쥐어지지가 않아."

무슨 슬픈 꿈을 꾸며 울다 깨어난 아침이었다.

"엄마, 나 좀 간질여줘."

"왜? 너 간지러운 거 못 참잖아."

"좀 웃게."

그래, 억지로 간질여서라도 웃자. 웃다 보면 나아진다. 근데 자기는 자기를 간질일 수 없으니 억지로 간질여줄 한 사람은 언제나 네 곁에 있었으면 좋겠어.

헤일 수 없이 수많은 밤을

동백이 제철이다. 서울 다녀온 사이 동백나무들마다 붉은 꽃 점점, 발치마다 꽃 점점.

11월부터 피기 시작하는 동백은 4월까지 피고 지고를 거듭한다. 지면서 피는 꽃.

제주에 와서 새로이 알게 된 건 동백의 매력과 아름다움이다. 크고 화려하고 예쁜 개량종들도 있지만 제일은 오리지널 통꽃, 붉은 홑동백이다.

동백나무의 꽃말은 '그 누구보다도 당신을 사랑합니다'란다. 그 누구보다 붉게 사랑하고 붉게 뎅겅 지는 꽃. 유행가처럼 '가슴을 도려내'듯 떨어져버리는 꽃. 향기가 없는 대신 붉은 색으로 새를 유인하는 조매화이다.

동박낭에서 동박새가 지저귄다. 제주휘파람새가 호이— 고교 화답한다. 저 나무로 날아간다. 동백이 툭, 떨어진다.

화전

영등할망이 오시긴 오셨나보다.
어제 그제는 바람이 많이 불었다.
떨어진 동백을 주워다 찹쌀가루에 화전을 부쳤다.

나린도 반죽을 빚어서 꽃을 얹었다.
제가 부쳐보겠다고 나섰다가 손가락을 살짝 데었다.

국숫집에 조금 가져갔다.
자기가 만들었다고, 부치다 손을 데었다고 얼마나 위세를 떠는지.
그래도 국숫집 이모가 맛있다고 해서 기분이 좋았다,라고 일기에
썼네.

"국숫집 이모가 맛있다고 해서 기분이 좋았다.

인생의 맛

"웩! 외계인 오줌 맛이야."

대보름이라 귀밝이술을 한 모금 먹어보라고 했더니 '웩'이란다.

"어른들은 이상해. 이런 걸 어떻게 먹지? 왜 맛없는 것만 맛있다고 하지?"

술도 그렇고 회도 그렇고 커피도 그렇지. 하긴 오늘 먹은 묵나물 무침도 그렇겠다.

명절에 받은 종합 선물 세트에서 늘 마지막에 남던 과자는 단맛이 전혀 없던 비스킷이었다. 참말로 맛이 없었다. 그건 그냥 밀가루 반죽을 납작하게 구워놓은 것만 같았으니까.

그런데 나이가 들면서 담백한 그 맛이 오히려 더 좋아지더라. 커피 전문점이라는 게 상륙하고 밀크 커피보다 아메리카노를 더 찾게 된 스무 살 초반의 일.

어른이 된다는 건 그런 걸까. 무미의 미, 맛없음의 맛을 알아가는 것 말이다.

밀크 초콜릿보다는 다크 초콜릿이 좋아지고, 봄나물의 쓴맛이 입맛을 돋우는 걸 알게 된다면 아마 인생의 쓴맛도 두어 번 보았을 즈음.

도대체 어른들은 왜 저런 걸 돈 주고 사 먹는지! 어릴 땐 도무지 이해할 수 없던, 그 비리고, 쓰고, 떫은맛 들이 좋아지게 되지 않던가.

가령 또 이런 것도 그렇다. 뜨거운 열탕에 들어가서는 시원하다고 하는 것.

그런데 이젠 안다. 너무 잘 안다. 뜨거움이 주는 개운함, 뜨거움이 품은 시원함 말이다.

그건 나의 근육과 뼈로 버티고 견뎌내느라 아플 만큼 피로해진 다음, 쓴맛과 뜨거운 맛을 보고 나서야 인생의 아이러니와 모순을 이해하게 되는 것.

삶이란 그런 걸까.

너도 언젠가 쓴 소주를 찾게 되는 날이 오지 않을까.

그때 놀려줘야지. 커서도 절대 술 안 마실 거라고 했던 오늘의 네 말을!

Shoot

나린과 마을을 산책했다. 돌담이랑 나무가 너무 이쁜 집이 있어 들여다보는데 어디서 낑낑거리는 소리가 난다. 새끼 강아지 두 마리가 돌담 안쪽 밭에서 사람 소리를 듣고 내는 소리였다. 그중 한 마리가 어느 틈인가로 나와서 꼬리를 흔들고 나린을 싸고 돌며 신발을 물어뜯는다. 신이 나서는 돌아치다가 동백꽃을 물고 길을 건너가 담장 입구에 내려놓는다.

꽃을 물고 가는 강아지라니! 그 모습이 너무 귀여워 사진을 찍고 있으니 나린이 일갈한다.

"엄마는 사진이 더 중요해, 목숨이 더 중요해?"

그러다가 차가 와서 강아지를 치면 어쩌느냐는 거다.

"당연히 목숨이 더 중요하지. 그래도 여긴 차가 잘 안 다니는 데라 괜찮아."

어제 현민이네 강아지가 길에 나왔다가 횡단보도에서 차에 치였다. 그 이야기를 듣고 하는 말이었을 거다. 명치에 탁 걸리는 말. 목숨이 더 중요해, 사진이 더 중요해.

수전 손택의 말처럼 슈트(shoot)라는 단어는 총을 '쏘다'와 사진을 '찍다'라는 뜻을 함께 지닌다. 카메라의 긴 렌즈와 총부리는 닮았다. 사진을 찍느라 생명을 구하지 못한다면 그것은 쏜 것이 된다. 셔터 소리

는 총소리가 된다. 현민이네 강아지는 내 앞에서 죽어갔다. 내 어깨에
는 카메라가 들려 있었다.

날이면 날마다 오는 순대가 아니여

입 짧은 김나린이도 순대 맛을 알아버렸다.

오늘은 목요일. 순대를 사 먹자고 한다. 목요일마다 오는 팔천 순대를 말하는 거다.

오늘은 빨간 티셔츠에 빨간 모자를 쓰고 나오셨다. 예쁘시다고 해드렸다.

"나 원래 예뻐요. 이래 봬도 할머니예요. 손자 있는 할머니."

큰딸이 손자를 낳았다고 한다. 광주 사람. 제주로 내려와 이 마을 저마을 떠돌며 트럭 하나 끌고 순대를 팔러 다닌다. 올해 6년째라고 한다. 그렇게 안 보인다고, 어떻게 할머니라고 믿겠느냐고 놀라니

"자유롭게 돌아다니니께. 맘이 편해서."

멋있다. 목요일엔 우리 동네고, 요일마다 찾아가는 동네가 정해져 있다. '하늘은 날더러 구름이 되라 하고/땅은 날더러 바람이 되라 하네' 목계장터의 장돌뱅이가 떠올랐다. 이제는 나를 알아보시고는 다음에 끝날 때쯤 오면 순대에 막걸리라도 들자고 한다.

순대에 막걸리라, 4월이 좋겠다. 트럭을 늘 세워두는 사거리에 벚나무가 늘어서 있으니까.

굿과 잔치

∴

"무사 이제 완?"

쭈뼛쭈뼛 마당에서 주춤거리는 나를 알아본 노인회 총무님이 어서 들어오라고 손짓을 하신다. 왜 이제 왔느냐고 다정히 타박하고는 할머니들께 나를 소개시킨다. 마을 체육대회에서나 길에서 뵌 얼굴들도 있다.

오늘은 노인회가 주관하는 마을굿이 있는 날. 수산 본향당을 찾았다. 본향당이란 마을 전체를 수호하는 당신(堂神)을 모신 곳으로, 마을마다 모시는 신의 이름과 그에 얽힌 신화도 저마다 다르다. 수산 본향당은 수산1, 2리를 포함해 인근 다섯 마을의 수호신을 모신 당으로 '하로산 울뤠당', 혹은 '울뤠마루 하로산'이라고도 한다. 울뤠는 우리 마을 동쪽의 속칭이고 '하로산'은 한라산을 가리킨다. 한라산 서쪽 어깨에서 솟아난 9형제 신 중 첫째 아들과 그의 부인을 모신 당이라 '하로산 울뤠당'이라 하는 것이다. 한라산신계 계보의 발원처 격인 신당이라고 한다.

보통 본향당에서는 정월 초이튿날의 신과세제, 영등신을 배웅하는 영등굿, 백중 장마 무렵 마불림 등 해마다 정해진 네댓 번의 큰 굿이 있고, 마을마다 택일을 해서 치성을 드리는 마을제가 있다. 굿이 있는 날은 새벽부터 정성스레 준비한 제물을 올리고 심방을 청해 신에게 풍요

와 무사 안녕을 기원한다.

그런데 할망들이 모두 맞춘 듯이 흰색이나 미색 스웨터를 입고 계셨다. 이거 할머니들 교복이에요? 그 말이 웃기다고 힐머니들이 웃는다. 자세히 보니 손뜨개로 직접 만든 옷들이다. 그 문양이 섬세하고 예뻐서 어디서 살 수 있느냐 물으니 다 맞춘 것이라고 한다. (정말 '맞춘 듯이' 였어!) 이 흰색 스웨터는 말하자면 신 앞에 올 때 입는 깨끗한 제복(祭服) 같은 것. 몸과 마음을 정갈하게 하는 의식 같은 것이리라.

나는 굿도 굿이지만 교복 같은 흰 스웨터를 입고 모여 앉아 속삭거리며 귓속말을 하고, 팔꿈치로 옆구리를 쿡 찌르고, 삼삼오오 수다를 떨고, 그러다 입을 가리고 웃고 그러는 할머니들 모습이 좋아서 몰래몰래 사진을 찍었다. 그러다 아예 허락을 구하고 한 분씩 다 따로 찍었다. 폭삭 늙은 양지 무사 찍엄시니? 폭삭 늙은 얼굴은 뭐 하러 찍느냐는 말씀. 뽑아서 선물로 드리려고요!

∴

오늘 국숫집 경진 씨는 돌하르방 모자랑 앞치마 대신, 양복에 넥타이를 매고 머리에도 힘을 주었다. 잔칫집 앞에서 손님을 맞고, 손님상마다 앉아서 술을 함께 마신다. 청객이다. 잔치나 장례에서 손님들 자리를 안내하고 식사와 술을 들이는 역할. 친구의 결혼식이 있는 날이다.

제주 결혼식에는 부신랑, 부신부 제도가 있다. 신랑, 신부를 대신해 손님을 맞고 이른바 '술 상무'를 하는 친구다. 그렇게 도와준 친구가 다음에 결혼하게 되면 그때는 도움 받은 이가 부신랑을 해주고 서로서로 그렇게 돕는다. 내년엔 경진 씨가 결혼을 한다.

식당 뒤편에선 마을 아주머니들이 천막을 치고 음식을 해 내오고 있다. 국숫집 강금실(본명이다) 사장님도 주말 손님 치를 준비를 하는 바쁜 중에 짬을 내 음식을 거들고 갔다. 제주의 수눌음이다.

질문의 책

"왜 밤이 되면 할머니랑 삼촌 생각이 날까?"

"잠은 왜 자려고 하면 안 오는 거야?"

"생각을 하는데, 왜 자꾸 까먹을까? 나도 민지처럼 아침에 일어나서 냉장고 열고 식빵 꺼내서 토스터에 넣고 잼 발라서 먹어야지 생각은 하는데 아침만 되면 까먹거든."

"난 왜 책을 이렇게 좋아하는 거야?"

"비행기는 무거운데 어떻게 날지?"

오늘도 쫑알쫑알 재잘재잘. 내내 만화책 보다가 꼭 잘 때만 엄마 붙들고 수다쟁이가 되는 너. 대꾸해주다가 내가 지친 기색을 비쳤나보다. 이제 그만 자라고 불을 끄는데,

"엄마, 질문 하나만 더 해도 돼?"

"(끄—)응."

"왜 엄마 형제들은 이모라고 부르고, 아빠 형제들은 고모라고 불러?"

"나린아, 그건 답이 기니까 나중에 말해줄게." (사실은 엄마도 모름.) 그리고 엄마의 질문은 이거야. 너는 왜 꼭 잘 시간만 되면 질문이 막 떠오를까? 그러지 말고 질문 책을 만들면 어때? 그래서 그걸 다 적어놓고 한꺼번에 보여주는 거야.

파블로 네루다의 『질문의 책』 이야기를 해주었다. 파블로 네루다가

말년에 펴낸 이 시집은 처음부터 끝까지 질문으로만 이루어져 있다. 호기심 많은 아이의 질문처럼 익숙한 세계를 다시 바라보게 만드는 316개의 물음표들이 상상력을 자극한다. 지금부터 질문들을 적어나간다면 나린도 네루다 할아버지 시집만큼 근사한 『질문의 책』을 낼 수 있을 거라고 말해주었다. 그러자 나린의 질문.

"그럼 그 책 팔아서 3층짜리 집 살 수 있어?"

(3층짜리 집을 사서 할머니도 모셔 오고 개와 고양이를 키우는 게 올해의 버킷 리스트란다)

『질문의 책』이 이런 시적인 질문으로만 채워진 시집이라면, 엉뚱한 과학적 질문에서 출발한 상도 있다.

"고양이는 고체와 액체가 둘 다 될 수 있을까?"

"하품은 왜 전염될까?"

"벌에 쏘였을 때 가장 아픈 부위는 어디일까?"

"왜 커피를 들고 걸으면 쏟기 쉬울까?"

쓸데없고 황당해 보이는 질문들. 하지만 누구나 한번쯤은 해봤을 법한 질문. 이 엉뚱한 질문들은 이그노벨상 수상의 출발점이 됐던 물음표들이다. '있을 것 같지 않은 진짜'(Improbable Genuine)란 말의 머릿글자와 '노벨'이 합쳐진, 일종의 괴짜 노벨상. 쓸모없어 보이지만 발상의 전환을 가져오는 성과에 주는 상이다. 그런데 말 그대로, 황당무계한 것 같아 보이는 이런 연구 결과들이 과학계의 학설을 바꾸고 중요한 의약품 개발로 이어지기도 한다.

그런가 하면 전 세계 지성에게 매년 심오하고 진지한 질문을 던지는 곳도 있다. 미국의 존 브록먼이 만든 엣지 재단으로, 해마다 이 시대 석

학들에게 질문을 던지고 그 답을 모아 한 권의 책을 펴내고 있다. '우리
는 어떻게 바뀌고 있는가' '당신은 무엇에 대해 낙관을 하십니까?' '당
신에게 사회적, 윤리적, 정서적으로 위험한 생각은 무엇인가?' '당신이
가장 좋아하는 심오하고 우아하고 아름다운 설명은 무엇입니까?' '당
신이 생각하는 최후의 질문은?' 등 쉽지 않지만 깊이 생각해볼 만한 질
문들이다. 우리가 조금씩 나아가거나 새로워질 수 있다면 그건 어떤 질
문을 할 줄 아느냐에 달려 있지 않을까.

　질문의 가치를 이렇게나 잘 알면서 나는 어쩌다 딸의 질문마저 귀찮
아하는 어른이 되어버렸을까? 그리하여, 오늘 밤 나의 질문은 이것이다.
　"나의 옛 나는 어디로 갔을까"°
　나였던 그 아이. 세상에 대한 질문들로 눈이 빛나던 그 아이는 어디
로 갔을까.

° 김사인 「아무도 모른다」, 『가만히 좋아하는』, 창비 2006

너를 듣다

"엄마 고마워. 내 얘기 잘 들어줘서."

오늘도 잘 시간이 되자 기분이 우울해졌는지 한 차례 눈물 바람이다. 달래고 달래느라 한 시간은 흘러가 버린 것 같다. 그래 다 쏟아봐, 하는 마음으로 오늘은 11시가 넘을 때까지 이야기를 듣고 나누었다. 그랬더니

"엄마 고마워. 내 얘기 잘 들어줘서."

그토록 평범하고 쉬운 일. 하지만 잘 못 하는 일. 안 하는 일. 이야기를 들어주는 일.

영어의 'sound'란 단어는 어쩌다 뜬금없게도 '소리'라는 뜻 말고도 '건전한' '완전한' 같은 의미를 갖게 됐을까. 소리를 잘 들어야 몸과 마음이 건강하고 온전할 수 있다는 뜻은 아닐까.

'들을 청(聽)'이란 한자에 '덕'이란 글자가 들어 있는 것도 같은 맥락으로 느껴진다.

'귀의 아인슈타인'이라고 불린 의사, 알프레 토마티는 음악가들을 치료하면서 목소리 장애가 후두보다는 귀에서 비롯한다는 걸 발견하게 됐다고 한다. 실제 음악을 가르치는 사람들이 언제나 먼저 강조하는 것도 잘 듣는 것이다.

"사람은 소리로 만들어지는 것이기 때문에, 듣는 것이 중요하단다. 너희들이 참된 사람이 되는 길은 바로, 듣는 것을 통해서란다."

조셉 라엘이란 아메리칸 원주민 명상가가 전해준 할머니의 이야기 역시 귀담아들을 만하다.

게다가 우리 몸의 균형과 방향을 관장하는 전정기관이 귀에 있다는 것 또한 경청의 이유에 대한 멋진 은유처럼 느껴진다.

잘 들을게. 너의 말들.

∴

난 그 사람 애길 들으면, 그 사람이 된 것 같은 기분이 들어.

책을 읽으면 책의 주인공이 되는 것 같아.

주인공이 슬프면 나도 슬프고, 주인공이 바쁘면 나도 바빠.

∴

엄마, 내가 에너지를 나눠줄게. (꼭 안아준다.) 엄마 머리 안 감은 냄새 난다.

거봐, 웃었잖아. 웃으면 안 늙어.

잘 자, 내가 사랑한다는 거 잊지 마.

∴

엄마가 사람은 자기만의 속도가 있다며!

(등교 시간에 좀 서두르라고 했더니)

∴

밤이 되는 게 싫어. 밤이 되면 할머니 보고 싶어져서 울게 된단 말이야.

(울고 싶으면 울면 되지.)

울면 돼지라고? 그럼 안 울래!

∴

엄마 사람 몸은 70%가 물이잖아. 난 지금 64%야.

(한바탕 울고 난 뒤에)

∴

드라이어에서 소리가 나서 다행이라고 생각했어.

울음소리가 엄마한테 안 들릴 테니까.

∴

"엄마가 좀 전에 짧지도 않고 길지도 않은 말을 했어."

잠결에 눈을 뜨더니 이 말을 하고는 다시 스르르 잠에 빠져든다.

엄마가 좀 전에 이불을 여며주며 한 말. 짧지고 않고 길지도 않은 그

말은

'사랑해.'

° 서정록 『잃어버린 지혜, 듣기』, 샘터사 2007, 개정판 2018.

ⓒ이종수

3월 1일

1년—V

∴

초를 껐다. 잔을 들어 축하했다. 나린은 또 무엇인가 소원을 빌었다.
기념사진을 찍자 하니 손가락으로 V를 만들어 보이며 개구진 표정을
짓는다. 꼭 1년이 되었다.

비행기 조종사들에게는 세 가지 중요한 V가 있다.

우선 '이륙결심속도'라고 부르는 V1. 활주하는 비행기가 일단 이 속
도에 다다랐다면, 그다음엔 멈춰선 안 된다고 한다. 바퀴에 펑크가 났
어도, 엔진에 이상이 생겼어도 이륙해야 한다는 것. 이 속도로 이륙 중
지를 시도할 경우 제동 거리가 길어져 활주로를 이탈할 위험이 크기 때
문에 이륙을 한 뒤에 비상착륙을 하는 편이 낫다는 것이다. 활주하는
비행기를 띄우기로 결심하는 속도. 지상을 달리는 비행기의 전속력 상
태란 다시 말해서 되돌아갈 수 없는 어떤 시점을 말하는 것이겠지.

삶에도 그런 지점들이 찾아온다. 인생의 활주로에서 무언가를 향해
서 달려가야 하는 일. 멈추거나 머뭇거리기보단, 날아오르는 것이 최선
인 순간들. 때론 그게 누군가를 향해서일 때도 있을 것이다. 상처 받게
될 거라는 걸 알면서도 멈출 수 없는, 마음의 속도라는 게 있으니까. 그
러니 비상착륙을 할지, 계속 비행을 할지는 일단 이륙을 한 다음에 판

단할 것.

우리는 V1에 다다랐고, 이주를 결심했다. VR이라고 부르는 '이륙전환속도'에 이르렀을 때, 기수를 들어올렸다. 제주라는 새로운 하늘을 향해. VR, 지상으로부터 들어올려지는 비상의 첫 순간. 그 흥분 속에 하늘이라는 새로운 영역에 대한 두려움이 희미한 요의처럼 감지돼, 저 깊은 어딘가가 저릿해지는 순간. 너에게 그건 언제였을까. 그 짜릿하거나 저릿한 시간을 지나 우리는 이제 V2에 이르렀다. 엔진이 하나 정지되더라도 안전하게 상승할 수 있는 '이륙안전속도'이다.

지난 1년은 우리 삶에서 또 한 번의, 너에겐 아마도 처음인 V 구간이었을 것이다. 긴장과 불안, 아슬아슬함과 걱정의 날들도 많았다. 떠나기 전의 망설임만큼 떠나온 뒤의 후회도 있었다. 내일 갑자기 회항할 일이 생길지도 모른다. 언제든 어디든 기류는 불안정할 것이다. 하지만 우리는 일단 이륙했다. 우리가 통과해온 V들이, 결국 인생이라는 여정을 풍성하게 해주지 않을까.

붉은 동백 너머 제주 하늘엔 오늘도 비행운들 아름답다.

아직 아름다운 이곳에서 조금은 다른

제주는 더 이상, "아파트 담벼락보다는 바다를 볼 수 있는 창문이 좋"은 낭만의 섬이 아니다. 습지를 메우고, 숲을 베어내는 자리에 세워진 가림막에는 나무와 숲, 더 나은 내일을 약속하는 아이 이미지와 글이 새겨져 있다. 숲을 베어내는 자리에 사용되는 이미지가 숲이라니.

그럼에도 제주는, 지구는 여전히 아름다워 눈물겹다. 이 글은 아직 아름다운 이곳에서 조금은 다른 삶을 궁리해보려는 나날의 기록이다. 생활의 가림막, 세계의 가림막 뒤로 사라지는 빛나는 생의 순간들을 채집해보려한 흔적이다. 내일은 써야지 미뤄둔 것들의 목록을 오늘 살아보고자 한, 오늘 속에 도래한 내일에 대한 미시감의 기록일 수도 있겠다. 내일 쓰게 될 일기에는 이 섬과 아이들의 미래에 대한 근심보다는 안도가 담겼으면 하는 기도이기도 하다. 그곳의 당신은 어떤가요, 묻는 안부이거나 당신은 어떤 내일을 꿈꾸나요, 하는 에두른 질문이어도 좋겠다.

이 책을 쓰면서 아름다움에 너무 많은 채무가 생겼다. 이 섬의 아픈 역사와 사람들, 바다와 땅의 온갖 생명, 파도와 바람, 노을과 구름, 익어 가는 귤의 빛깔과 멀구슬나무의 향기, 새로 사귄 이웃들, 그이들의 언어, 그리운 이름들…… 그리고 살가운 추천사를 써준 벗, 문소리 씨의 다정한 아름다움! 아이와 함께 내가 조금이라도 성장했다면 이 모든 존재 덕분이다. 무엇보다 제주라는 공간에서였기 때문이다. 그러므로 이 글을 가장 먼저, 앓는 땅의 곁에 놓고 싶다.

동백 씨앗 영그는 제주에서
허은실

허은실

1975년 강원도 홍천에서 태어나 서울시립대학교 국문과를 졸업했다. 다수의 라디오 프로그램과
팟캐스트 '이동진의 빨간책방'의 작가로 활동했고, 2010년 실천문학 신인상에 당선했다. 시집
『나는 잠깐 설웁다』, 산문집 『나는, 당신에게만 열리는 책』『그날 당신이 내게 말을 걸어서』 등
을 펴냈다.

내일 쓰는 일기

초판 1쇄 발행 2019년 9월 23일

지은이 허은실   사진 허은실 김일영
펴낸이 강일우   본부장 박신규
책임편집 이하나
디자인 이재희   조판 이주니

펴낸곳 ㈜미디어창비
등록 2009년 5월 14일
주소 04004 서울 마포구 월드컵로12길 7 창비서교빌딩
전화 02) 6949-0966   팩시밀리 0505-995-4000
홈페이지 www.mediachangbi.com   전자우편 mcb@changbi.com

ⓒ허은실 2019
ISBN 979-11-89280-61-1 03810

• 이 책은 한국문화예술위원회 후원을 받아 토지문화관에서 집필한 작품입니다.
• 이 책 내용의 전부 또는 일부를 재사용하려면
  반드시 저작권자와 ㈜미디어창비 양측의 동의를 받아야 합니다.
• 책값은 뒤표지에 표시되어 있습니다.